조선으로 간 일본인 아내

PHOTO DOCUMENTARY CHOSEN NI WATATTA 'NIHONJINTSUMA': ROKUJUNEN NO KIOKU
by Noriko Hayashi
© 2019 by Noriko Hayashi
Originally published in 2019 by Iwanami Shoten, Publishers, Tokyo.
This Korean edition published 2020
by JUNGEUNBOOKS, Seoul.
by arrangement with Iwanami Shoten, Publishers, Tokyo.

이 책의 한국어판 저작권은 Imprima Korea Agency를 통한
Iwanami Shoten, Publishers, Tokyo와의 독점계약으로 정은문고에 있습니다.
저작권법에 의해 한국 내에서 보호를 받는 저작물이므로 무단전재와 무단복제를 금합니다.

포토 다큐멘터리

조선으로 간
일본인 아내

하야시 노리코 지음
정수윤 옮김

정은문고

1959년부터 1984년 사이에 진행된 재일조선인 귀국사업으로 약 9만 3,000명이 일본에서 조선민주주의인민공화국으로 건너갔습니다. 그중에는 일본에서 조선인과 결혼해 남편을 따라 바다를 건넌 '일본인 아내'라 불리는 여성 약 1,830명도 포함되어 있었습니다.

1910년 일본이 한반도를 침략한 이래 재일조선인의 수는 급증하여 1945년 종전 당시 200만 명으로 늘어났습니다. 제가 취재한 일본인 아내의 남편들도 교육을 받기 위해 또는 생활고에서 벗어나기 위해 밀항선을 타고 일본으로 건너왔거나, 광산 노동자로 징용되어 강제로 끌려온 재일 1세 아니면 그 자녀로 일본에서 태어난 재일 2세였습니다.

　　1950년대 일본에 사는 재일조선인의 완전실업률은 일본인의 약 8배에 달했고, 그들은 빈곤과 민족 차별 등 고난에 직면해 있었습니다. 그런 가운데 시작된 것이 조선민주주의인민공화국으로의 '귀국사업'이었습니다. 몇 년 안에 일본을 오갈 수 있게 되리라고 믿은 일본인 아내들은 니가타항에서 북으로 향하는 배에 몸을 실었습니다. 그 후로 60년이 흐른 지금, 일본인 아내들은 바다 건너에서 아이와 손자 손녀를 기르고 남편을 돌보며 살아왔습니다.

　　제가 처음 방북한 것은 20대 때였습니다. 그로부터 7년이 흘렀습니다. 제가 취재한 일본인 아내들은 반세기 전, 저와 비슷한 나이에 일본을 떠났습니다. 같은 여성으로서 그 시절 젊은 일본인 아내들이 시대에 휘둘리면서도 일본 그리고 새로운 땅에서 자신의 의지로 인생의 길을 모색하고 개척한 점에 깊이 공감해 오늘까지 취재를 계속해오고 있습니다.

　　이 책은 한반도 정세가 긴장과 완화를 반복하던 2013년 이후 열한 번의 방북을 통해 이루어졌습니다. 이미 고령이 된 그녀들을 인터뷰하면서 일본 각지의 고향도 찾아가고 여러 개인의 기억을 조금씩 이어가며, 지금을 살아가는 만년의 일본인 아내 모습을 담았습니다.

"1950년 도쿄에서 조선인 남편을 만나 결혼했습니다. 당시 남편의 부모님은 제주도에 살고 계셨습니다. 저희 아이들이 태어난 후 제주도에서 편지가 왔습니다. '손자 얼굴을 보고 싶으니 가족사진을 보내다오.' 그런 내용이 적혀 있었습니다. 저희는 도쿄 아라카와에 있는 사진관으로 가서 가족 넷이 기념사진을 찍고 두 장을 인화했습니다. 하나는 제주도에 있는 남편 부모님께 보냈고, 또 하나는 우리 가족이 간직했습니다."

현재 평양에 살고 있는 일본인 아내 아라이 요시에 씨는 1954년 촬영한 이 가족사진을 지금도 소중히 보관하고 있습니다. 다른 많은 귀국자와 마찬가지로 요시에 씨 가족도 가까운 미래에 한반도가 통일되어 남쪽 고향으로 돌아갈 수 있으리라고 믿었습니다. 1960년 1월 요시에 씨와 함께 바다를 건넌 남편 안기중 씨는 한국에 계시는 부모님을 끝내 뵙지 못하고 1987년 세상을 떠났습니다.

평양에 사는 일본인 아내 요시에 씨의 가족사진.
(1954년, 도쿄)

60년도 더 전에 일본에서 제주도로 전해진 후 한반도의 남과 북에 각각 한 장씩 남은 이 가족사진. 일본어판에는 요시에 씨 가족의 이야기가 실리지 않았지만, 한국의 독자들을 위한 지면에는 이 가족사진을 소개하고 싶었습니다. 분명 다른 한 장은 제주도 혹은 한국 어딘가에 남아 있으리라고 생각합니다. 이제껏 취재를 통해 일본인 아내의 인생을 거듭 되돌아보며 마주한 것은, 일본 그리고 분단된 한반도에 복잡하게 얽힌 여러 개인의 기억이었습니다.

포토 다큐멘터리 『조선으로 간 일본인 아내』는 2019년 6월 일본에서 출간되었습니다. 한국에서는 일본인 아내의 존재가 그다지 알려지지 않았다고 들었습니다. 그런 까닭에 한국어로 이제까지의 취재 기록을 남기는 것이 제게는 무척 특별한 일입니다. 앞으로 일본인 아내의 살아온 증거를 한국어로 전할 기회가 얼마나 있을지 알 수 없기에 그녀들이 살아오면서 남긴 일상을 조금이라도 더 전달하고자 한국어판에는 일본어판에 수록하지 않은 사진 열세 장을 추가하였습니다.

또한 이 책이 한반도와 일본의 과거와 현재를 잇는 내용이

기도 하기에 애초에 일본어판을 집필하면서 한국의 독자들, 한반도에 뿌리를 둔 사람들, 한국어를 사용하는 한반도 정세 전문가와 연구자들 그리고 제 한국 친구들도 읽을 수 있으면 좋겠다고 생각해왔습니다. 그런 이유로 이번에 한국어판을 출간할 기회를 주셔서 대단히 고맙습니다. 이 책을 읽어주신 한국의 독자 여러분에게도 깊은 감사의 마음을 전합니다.

2020년 여름
하야시 노리코

1910년 일본이 한일합병조약으로 조선을 35년간 식민지 통치함. 이후
　　　 재일조선인 인구 급증.

1945년 8월 15일 패전 후 재일조선인 수는 200만 명을 넘음.

1946년 12월, 38도선 북측에 체류하는 일본인 귀국사업 개시(1948년
　　　 7월까지 13회).

1948년 8월, 대한민국 정부 수립. 9월, 조선민주주의인민공화국 수립.

1950년 6월, 6·25전쟁 발발(이 시점에 이미 약 140만 명의 조선인이 일본에
　　　 서 한반도 고향으로 귀국).

1952년 4월, 샌프란시스코강화조약 발효로 재일조선인이 일본 국적
　　　 에서 이탈되어 외국인으로 살게 됨. 이로 인해 일본 내에서 사
　　　 회적·제도적 제약이 한층 심해짐.

1953년 7월, 6·25전쟁 휴전.

1956년 2월 27일, 평양에서 열린 북일적십자회담에서 북한에 남은 잔
　　　 류 일본인의 귀국 문제와 재일조선인의 귀국 문제가 대두됨.
　　　 4월 6일, 재일조선인 약 50명이 일본적십자사를 방문해 잔
　　　 류 일본인을 태우러 북한으로 떠나는 배에 자신들을 태워 귀
　　　 국시켜달라는 뜻을 밝힘. 4월 22일, 해방 이후에도 여러 가지
　　　 이유로 북한에 남아 있던 잔류 일본인 36명을 태운 코지마마

루호가 교토 마이츠루항에 귀항(이후 공식적으로 이루어진 잔류 일본인 귀국사업 없음).

1958년 8월, 가와사키시에서 재일조선인이 집단 귀국을 희망하며 김일성 주석에게 일본에서 사는 삶의 고충을 편지에 적어 보냄. 9월, 김일성 주석이 재일조선인 귀국을 환영한다고 선언.

1959년 2월 13일, 일본 정부가 재일조선인 북한 귀국에 관한 각료 회의 소집. 8월 13일, 인도 콜카타에서 적십자국제위원회ICRC의 협력을 얻어 북한과 일본의 적십자가 '귀환협정' 조인. 12월 14일, **제1차 재일조선인 귀국사업** 실시. 귀국선 크릴리온호와 토볼스크호가 귀국자 975명을 태우고 니가타항 출항.

1984년 7월 25일, **제187차 재일조선인 귀국사업** 선박(마지막 배)이 30명을 태우고 니가타항 출항.

1991년 북일 간 국교 정상화 교섭에 따라 일본인 아내의 고향방문사업 논의.

1997년 9월, 북일적십자연락협의회가 열려 1주일간 북한에 사는 일본인 아내가 일본의 고향을 방문하는 사업에 합의. 11월, **제1차 고향방문사업** 실시(일본인 아내 15명).

1998년 1월, **제2차 고향방문사업** 실시(일본인 아내 12명).

2000년 9월, **제3차 고향방문사업** 실시(일본인 아내 16명).

2002년 10월 하순, 제4차 고향방문사업이 실시될 예정이었으나 북한의 일본인 납치 문제가 대두되는 등 북일 관계가 악화되어 무산. 이후 고향방문사업은 실시되지 않음.

1960년 4월 8일. 맑게 갠 금요일 오후 3시, 다소 쌀쌀한 봄바람이 부는 니가타항은 열기로 뜨거웠다. 기적이 울리자 소련선 크릴리온호는 당장이라도 해안을 떠날 듯하다. 승객들은 갑판 난간 너머로 몸을 내밀고 부두에 나온 군중을 보고 있다. 배웅나온 가족과 친구를 찾아 필사적으로 손을 흔드는 사람, 미래를 향한 희망으로 부푼 사람, 가족의 반대를 무릅쓰고 배에 오른 사람. 다들 갖가지 감정을 품고 부두를 바라본다. 배웅하는 사람들 사이로 화려한 색종이가 날린다. 사람들의 흥분과 긴장, 기쁨, 이별의 슬픔이 뒤섞인다.

엄마 등에 업힌 갓난아기, 한복 입은 소녀, 흰 천으로 싼 일본에서 죽은 가족의 유골함을 두 손에 꼭 쥔 남성, 전문 지식을 가진 기술자 등 크릴리온호의 승객은 다양했다. 차별과 빈곤을 뚫고 나온 가족이 있는가 하면, 경제적으로 여유 있는 사람도 있다. 대부분 조선인이었지만 들리는 말은 거의 다 일본말이었다. 일본에서 오래 살았거나 나고 자랐기 때문이다. 그들은 바다 건너, 아직 본 적 없는 '조국'으로 귀향하려 하고 있었다.

이 배의 한 선실에 미나카와 미츠코 씨가 있었다. 흰 피부에 콧날이 오똑한 스물한 살 여성. 귓가까지 오는 짧은 단발머리는 가벼운 파마로 곱슬곱슬하다. 그녀는 선실의 둥근 창 너머로 조금씩 멀어져가는 항구를 하염없이 바라보았다. 옆에는 두 달 전 결혼한 네 살 위의 남편 최화재 씨가 앉아 있었다.

일본에서의 마지막 나흘 동안 미츠코 씨는 일본적십자사 니가타센터에서 지냈다. 일본 각지에서 모여든 '귀국자'가 그곳에서 출국 준비를 했다. 곳곳에 조선민주주의인민공화국 국기가 휘날렸다. 새로운 미래를 기대하는 사람 중에는 〈김일성 장군의 노래〉를 부르는 이도 있었다. 니가타로 오기 전, 시댁이 있는 교토에서 한 달간 지낸 미츠코 씨도 그 노래를 흥얼거릴 수 있었다. 다만 가타카나로 쓰인 노래를 암기했을 뿐 의미는 알지 못했다.

니가타센터에서 보낸 3박 4일 동안 미츠코 씨는 조용히 시간이 가기만을 기다렸다. 귀국자들의 숙소가 된 예전 미군병사센터는 단층 건물 여러 동이 줄지어 있었다. 미츠코 씨와 화재 씨는 그중 한 동에 있는 사무소로 불려갔다. 일본적십자사와 적십자국제위원회에서 나온 직원과 통역관이 입회한 가운데 '귀국' 의사 확인이 이루어졌다. 이름, 나이 등 개인 정보와 도항 후에는 조선민주주의인민공화국에서 살 것 그리고 정말로 자기 의지에 따른 결정인지 물었다. 미츠코 씨는 "제 의지입니다"라고 분명히 대답했다. 면담은 5분도 채 걸리지 않았지만, 마음만은 무척이나 긴장되었다. 여기서 출국 증명서를 건네받았다. 그 후 입국과 세관 관련 도장을 받았다.

출항일 아침, 미츠코 씨는 두툼한 회색 니트 카디건에 검정, 하양, 잿빛 체크가 들어간 주름치마를 입었다. 특별히 준비한 것은 아니고 학생 때부터 자주 입어 익숙한 옷이었다. 미츠코 씨의 수하물 가운데 90퍼센트는 수산 관련 전문 서적과 미술 서적이었다. 상자 열여섯 개가 꽉 찼다. 손가방에는 가족과 친구 사진, 호적등본을 소중히 챙겨 넣었다.

이날 출항에 앞서 센터 부지에 복사나무와 장미 묘목을 심었다. 나무가 잘 자라 복숭아가 열릴 무렵에는 한국과 일본을 자유롭게 오갈 수 있기를 바란다는 소망이 담겨 있었다. 센터로 버스가 와서 사람들을 태우고 부두로 갔다. 니가타항까지는 2킬로미터가량 '보토나무길'이 이어졌다. '보토나무'란 조선말로 버드나무를 뜻한다. 이번 귀국사업을 기념해 다섯 달 전에 버드나무 305그루를 심었다. 귀국사업 제1차 선박이 출항한 전년도 12월 14일 이래 1만 5,000명 이상이 바다를 건넜다. 그들이 지나간 버드나무 가로수길을 지금은 미츠코 씨가 지나고 있었다.

며칠 전까지만 해도 미츠코 씨는 삿포로역에 있었다. 갓 결혼한 남편 시댁이 있는 교토에서 지내다가 딱 한 번 고향 삿포로로 돌아왔다. 어머니 츠유노 씨는 니가타로 가는 열차를 타려는 딸을 필사적으로 막았다.

"제발 부탁이니 한 번만 더 생각해주렴. 니가타에서 배에 오르는 마지막 한 걸음 전까지……. 부디 그 결심을 바꿔다오."

어머니는 눈물을 흘렸다. 하지만 미츠코 씨의 결심은 흔들리지 않았다. 남편과의 결혼을 반대한 어머니가 야속하기만 했다.

재일조선인 화재 씨를 만난 건 2년 전. 그때까지만 해도 미츠코 씨는 일본을 떠나 한반도에서 남은 인생을 보내게 되리라고는 꿈에도 생각하지 못했다. 당시 두 사람은 홋카이도대학에서 수산학을 전공하는 학생이었다. 네 살 위 선배 화재 씨는 성적이 우수했고 교수로부터 두터운 신임을 얻었다. 만난 지 얼마 되지 않아 사랑에 빠졌고 결혼을 결심했다. 가족들은 가난한 재일조선인 가정에서 나고 자란 그와의 관계를 허락하지 않았다. 바로 두 달 전 올린 결혼식에 미츠코 씨 가족은 단 한 명도 오지 않았다. 성실하고 유머 있고 정의감 강한 그와의 결혼을 반대하는 현실이 슬펐다. 그 마음은 삿포로에서 열차에 오를 때까지도 변함없었다.

둥근 창 너머 부두에서 손을 흔들며 배웅하는 사람들을 미츠코 씨는 말없이 눈에 새겨 넣었다. 삿포로역에서 눈물로 호소하던 어머니 모습이 머릿속에서 떠나지 않았다. 어머니를 보는 게 그때가 마지막이 될 줄은 꿈에도 몰랐다. 당시 미츠코 씨는 임신 2개월. 저 광활한 바다 끝의 땅에서 과연 어떤 삶이 펼쳐질까. 열심히 살아야겠다는 다짐과 불안이 뒤섞였다. 남편과 앞으로 태어날 아이와 함께 수평선 너머에서 펼쳐질 새로운 인생을 떠올리는 사이 배는 유유히 먼바다로 나아갔다. 갖가지 사연을 지닌 1,058명을 태운 채. 동해, 일본에서는 일본해라 불리는 바다 너머로.

1장

원산에 사는
어머니와 딸

1961년, 규슈를 떠나다

만남

"어서 오세요. 잘 오셨습니다. 엄마가……."

2017년 4월 25일, 붉은 현관문이 안으로 천천히 열리고 이데 키미코 씨(63세, 여성)가 내 두 손을 잡아끌며 일본어로 말했다. 옆에서 문을 잡고 선 키미코 씨의 아들 이광민 씨(36세)도 말없이 인사했다. 키미코 씨는 빠른 걸음으로 나를 거실로 데려가더니, 선반에 안치된 어머니 타키코 씨의 작은 갈색 유골함을 가리켰다.

"엄마는 여기 계세요."

잠시 입가를 누르며 호흡을 가다듬고는 어머니 쪽을 바라보며 조용히 말했다.

"엄마, 또 와주셨어요."

유골함 주변에는 노란색과 분홍색 튤립 조화가 놓여 있었다.

"엄마는 튤립을 좋아했어요. 왜 그런 노래도 있잖아요. '줄줄이, 줄줄이, 빨강, 하양, 노랑'이라는."

여덟 살 때까지 일본에서 자란 키미코 씨는 소학교 때 배운 노래를 기억하고 있었다. 이 나라에 온 뒤로도 어머니는 키미코 씨와 함께 이 노래를 종종 흥얼거렸다고 한다.

"엄마는 돌아가시기 전에 딱 한 번이라도 좋으니 고향에 가보고 싶다고 하셨어요. '죽은 뒤에라도 일본에 갈 수 있을까? 그럼 우리 어머니 무덤 옆으로 가고 싶어'라고요. 아버지 고향은 남쪽(한국)이에요. 아버지는 돌아가시기 전에 '통일이 되면 나를 고향에 묻어달라'고 당부하셨는데, 벌써 20년이나 지났지만 기약이 없네요. 제가 살아 있는 동안 아버지는 고향으로, 엄마는 일본으로 모시고 싶건만······."

키미코 씨는 감정을 다스리려 가슴에 손을 얹으며 덧붙였다.

"정말이지 고향을 그리는 마음은 일본인이나 조선인이나 똑같아요."

그러면서 손수건으로 흐르는 눈물을 닦았다. 이날은 타키코 씨가 운명한 지 237일째 되는 날이었다.

내가 맨 처음 일본인 아내 이데 타키코 씨를 만난 건 1년 전쯤인 2016년 5월 22일. 타키코 씨가 살던 강원도 원산은 평양에서 차로 약 세 시간, 200킬로미터 거리에 있었다. 평양 시내 조국통일3대헌장기념탑을 지나 남쪽 개성으로 향하는 고속도로에서 동쪽으로 빠져 곧게 뻗은 평양-원산 고속도로를 달렸다. 길가에는 활짝 핀 아카시아가 끝없이 이어졌다. 자전거를 탄 연인이나 소달구지를 탄 사람, 지나가는 자동차나 트럭을 얻어 타려고 길가에 웅크리고 있는 사람, 가끔씩 밭에 20명쯤 되는 농민들이 일렬로 서서 바쁘게 일하는 협동농장을 지나치기도 했다. 주변에는 마을이 드문드문 보였고, 단층주택과 연분홍 또는 초록으로 외벽을 칠한 4, 5층 높이 공동주택이 늘어서 있었다.

동해와 맞닿은 원산은 한일수호조약(1876년)에 따라 1880년 부산에 이어 두 번째로 개항했으며 그때 일본인 거주구역이 설치되었다. 6·25전쟁으로 파괴된 도시는 재건되었지만 해수욕장이 있는 송도원은 한 세기 전 사진과 비교해도 거의 변함이 없었다. 바닷가 벤치에 앉아 화로에 대합을 구워 먹는 커플이 여럿 보였다. 근처에는 오래전 원산과 니가타를 오가던 연락선 만경봉92호가 조용히 정박해 있었다.

타키코 씨는 항구에서 차로 10분 남짓 걸리는 시내 아파트에 살고 있었다. 강가 교각 옆 큰길가 9층짜리 연분홍빛 콘크리트 건물이었다. 이 나라 지방 도시 어디에서나 볼 수 있는 아주 일반적인 외관의 아파트다. 건물 입구 근처 벤치에서 담소를 나누는 주민 몇몇과 눈이 마주쳤다. 이 나라에서는 취재 내내 통역 겸 가이드인 현지 안내인과 행동을 같이해야 한다. 주민들은 양복 입은 안내인 남성들과 함께 걸어가는 외국인인 나를 신기한 눈으로 쳐다보았다. 아파트 2층에 위치한 제일 안쪽 집을 향해 걸었다. 얼마 후 일본인 아내가 사는 집 현관 앞에 닿았다.

나는 잠시 서서, 대문 너머에서 기다리고 있을 이름도 모르는 일본인 아내의 모습을 상상했다. 그녀도 분명 일본에서 오는 방문자에 대해 이런저런 생각을 하고 있으리라. 노크하고 10초 정도 기다리니 천천히 문이 열렸다. 누가 문을 열었는지 확인도 하기 전에 안방 방석에 앉은 고령의 여성과 눈이 마주쳤다.

1961년 원산으로 떠나기 직전
남편과 함께 촬영한 기념사진을
손에 든 일본인 아내 타키코 씨.
(2016년 8월, 원산)

'아, 일본인 여성이구나.' 이상하게도 금세 알아볼 수 있었다. 그녀는 눈을 크게 뜨고 활짝 웃으며 나를 보았다. 신을 벗고 방으로 올라서니 "어서 오세요, 어서 오세요. 잘 오셨습니다"라고 분명한 일본어로 말하며 이리 오라는 손짓을 했다. 품이 넉넉한 갈색과 검은색 줄무늬 바지에 연보라색 카디건을 입었다. 얼굴에 깊이 파인 주름과 부슬부슬한 흰머리, 키와 몸집이 당시 아흔다섯이던 나의 할머니와 자연스레 겹쳐졌다. 이 나라에서 일본인 여성을 만나는 일은 특별한 기분으로 다가왔다. 현관에서 방까지 겨우 몇 미터를 걷는 시간이 무척이나 길게 느껴졌다.

"안녕하세요."

나는 가볍게 고개 숙여 인사하며 자리에 앉았다. 그러자 "안녕하세요"라며 손을 내밀었다.

"성함을 여쭤봐도 될까요?"

이것이 나의 첫 질문이었다.

"일본 이름?"

"네."

"이데 타키코. 우물 정#에 손 수手를 써서 이데, 많이多 기쁜喜 아이子라는 뜻으로 타키코."

그렇게 대답한 다음 펜을 쥐고 내 수첩에 한자로 이름을 썼다. 타키코 씨는 부끄러운 듯이 웃었다. 옆에는 딸 키미코 씨가 앉아 있었다. 노모의 일상생활을 돕기 위해 10년 전쯤부터 같이 살기 시작했다고 한다. 아파트가 세워진 건 1979년. 거실과

방 두 개가 있고 4평 남짓한 거실에는 연보라색 벽지가 발려 있었다. 키미코 씨가 2년 전 인근 가게에서 사 와서 손수 발랐다고 한다. 하늘색 매트가 깔린 마루 위에는 가로세로 50센티미터 크기의 접이식 붉은 탁자가 놓여 있었다. 방 정면에 놓인 갈색 선반에는 차 도구와 가족사진이 늘어서 있었다.

부모님께 말도 못 하고

타키코 씨는 1927년 4월 30일 미야자키현 다카나베 마을 농가의 장녀로 태어났다. 다카나베도 원산과 마찬가지로 바다와 맞닿은 곳이다. 자주 해수욕을 하러 갔다고 한다.

"어릴 땐 무얼 하고 노셨어요?"

"배구를 좋아했어요. 남자애들하고 싸우기도 잘 싸우고. 남자보다 더 씩씩했지. 집 뒤에 대숲이 있었거든요. 산에서 멋대로 죽순을 캐서 사람들한테 나눠주기도 하고. 말괄량이였습니다."

타키코 씨는 그렇게 말하며 순진한 표정으로 활짝 웃었다.

"남편분을 만나신 건 몇 살 때였나요?"

"열다섯인가 열여섯 때. 저는 버스 운전사였어요. 전쟁으로 다들 군대에 끌려가서 남은 건 여자들뿐이었거든. 그때는 위험한 산길도 마구 운전을 했어요."

그러면서 핸들을 잡고 운전하는 흉내를 낸다. 학교를 졸업한 뒤 운전 강습소에서 운전을 배우고 마을버스 운전사로 일을 시작했다. 그때 운전사 동료였던 남편을 만났다. 자주 같이 버스를 타고 교대로 운전을 했다고 한다.

"처음엔 조선인인 줄 몰랐지. 사귀고 동거를 하면서 알게 됐지만 그땐 이미 헤어질 수 없었어요."

"사랑에 빠져서요?"

그렇게 묻자 고개를 크게 끄덕끄덕한다. 여섯 살 위 사대순 씨와의 결혼을 타키코 씨의 어머니 시나오 씨는 반대했다고 한다.

"결혼식은 올리셨나요?"

"결혼식? 그런 걸 누가 해주나. 어머니는 나더러 어째서 조선인하고 사느냐 그랬지."

1948년에 장남 준지 씨가 태어났음에도 부모님은 여전히 두 사람의 관계를 인정하지 않았다. 그래서 부부는 친정에서 멀리 떨어진 곳에 살기 시작했다고 한다. 다행히 장녀 준코 씨가 태어난 1950년 무렵에는 친정과 왕래하게 되었다. 지금 타키코 씨 옆에 앉은 차녀 키미코 씨는 1953년 후쿠오카에서 태어났다.

타키코 씨 일가는 1961년 9월 1일, 귀국사업(이에 대한 설명은 추후에)의 일환으로 규슈에서 이곳 원산으로 건너왔다. 떠나기 직전인 8월 말, 타키코 씨는 처음으로 조선의 전통의상인 한복을 입었다. 기념사진은 흑백이었지만, 타키코 씨는 55년 전 입은 한복이 흰색과 하늘색으로 된 품위 있는 드레스였다는 것을 선명히 기억했다. 가만히 사진을 보던 딸 키미코 씨가 이렇게 설명했다.

"마을 재일조선인들이 열어준 송별회 때 찍은 기념사진입니다. 결혼식을 올리지 못한 엄마에게는 결혼사진 같은 것이죠."

한복을 입은 타키코 씨는 당시 서른네 살. 이 취재를 했을 때 내 나이는 서른두 살. 그 시절에 나고 자란 일본을 떠나 언어도 사회 시스템도 모두 다른 나라로 이주하는 데는 상당한 각오가 필요했으리라. 아무리 바다 건너 이웃한 나라라 할지라도. 타키코 씨는 일본을 떠난다는 사실을 부모님에게 알리지 않았다.

"말도 없이 왔어요. 조선으로 간다고 하면 또 반대할 게 뻔했으니까. 그래서 여기 온 뒤에 일본으로 편지를 보냈어요. 어머니는 그 자리에서 기절하셨다고 합니다. 나중에 니가타까지 가서서 '타키코!' 하고 바다에 대고 소리치셨다는 걸 편지로 알게 됐어요. 남동생이 있긴 해도 딸은 나 하나였거든. 그러니 어머니가 얼마나 많이 우셨을지."

그렇게 말하며 한순간 나와 눈이 마주친 타키코 씨는 금세 시선을 떨어뜨렸다.

"일본을 떠날 때 무슨 생각을 하셨나요? 배에서 일본을 바라보면서."

"그건 기억이 안 나, 하하하."

타키코 씨는 얼굴에 주름을 잔뜩 지으며 담백한 미소로 답했다. 그때는 온갖 생각이 다 들었을 것이다. 일본에 두고 온 어머니, 아이들 장래, 새로운 땅에서 만날 사람들, 앞으로 다가올 긴 인생에서 경험하게 될 일을 상상했으리라. 이 나라에 와서 고생하지 않았다는 일본인은 한 명도 없을 터. 그러나 나의 질문에

원산에 오고 3년째 되던 해 촬영한 가족사진.
앞줄 왼쪽부터 장녀 준코 씨, 차녀 키미코 씨.
뒷줄 왼쪽부터 차남 토류 씨를 안은 남편 대순 씨, 장남 준지 씨, 타키코 씨.
(1964년 7월, 원산)

말을 고르는 기색도 없이 타키코 씨는 같은 마을 조선인들에 대해 이야기했다.

"이곳 사람들, 옛날엔 일본말 하는 사람도 있고 해서 이웃 사람들이 밥은 이렇게 짓는 거다, 옥수수는 이렇게 키우는 거다, 이것저것 알려주고 도와줬어요."

일본에서 가져온 앨범은 출항지인 니가타로 향하기 직전, 타키코 씨 직장 동료가 선물로 주었다고 한다. 어릴 적 살던 집 사진, 운전하던 버스 사진, 버스 앞에서 웃고 있는 동료 사진, 어머니 시나오 씨 사진, 딸 키미코 씨가 어렸을 때 키우던 강아지 쿠로와 찍은 사진, 남동생 결혼식 사진, 가족여행 사진 등 일본에 살면서 찍은 것부터 원산의 자연스러운 생활을 찍은 것까지 흑백사진이 백 장 정도 있었다.

원산에 와서 3년째인 1964년 촬영한 사진은 금이 가 세월의 흔적이 느껴지긴 해도 그해 태어난 차남 토류 씨도 함께 찍혀 있었다. 그 순간이 우연히 필름에 남은 덕에 시대를 뛰어넘어 나도 이 가족의 아주 사적인 공간에 다가갈 수 있었다. 아직 듣고 싶은 이야기가 많았지만, 첫 번째 방문은 자기소개 정도가 좋겠다고 생각했기에 무리하지 않고 그만 취재를 마치기로 했다.

"언제든 또 오세요. 나는 백서른 살까지 살 테니까."

타키코 씨는 다시금 얼굴에 주름을 잔뜩 지어 웃으며 그 크고 검은 눈으로 나를 바라보았다.

어머니와의 재회는 무산되고

타키코 씨 댁을 다시 찾은 건 그로부터 두 달 반쯤 지난 2016년 8월 8일. 현관문을 열고 안으로 한 걸음 들어서니 이웃 여자들 너덧 명이 부엌 옆 마루에 앉아 수다를 떨고 있었다. 카메라 기자재를 든 나를 본 순간, 다들 부끄러운 듯 웃으며 서둘러 가방을 챙겨 현관 밖으로 나갔다.

"가끔 우리 집에 놀러 오는 이웃 사람들이에요."

딸 키미코 씨가 웃으며 말했다. 시선을 안방으로 돌리니 하늘색 블라우스를 입은 타키코 씨의 모습이 보였다. 지난번보다 몸집이 한층 작아진 타키코 씨는 눈으로 열심히 내 모습을 좇고 있었다. 두 달 반 전과는 상태가 많이 달랐다.

"오시길 쭉 기다리고 있었어요."

곁으로 다가가 같은 높이로 몸을 웅크리자 타키코 씨가 힘없이 말을 걸었다. 안색은 창백했고 말만 겨우 할 수 있었다. 다만 "지난번엔 백서른 살까지 살 거라고 했는데 백 살까지밖에 못 살지도 몰라요"라고 농담을 해서 날 웃게 만들었다.

"엄마, 무슨 소리야."

딸 키미코 씨가 한숨을 내쉬며 부드럽게 웃고는 부엌으로 가서 차를 내왔다. 타키코 씨의 노란 찻잔은 지난번에 내가 과자와 함께 일본에서 가져온 선물이었다.

"매일 이 찻잔으로 차를 드세요. 엄마, 이걸로 마시면 맛이 전혀 다르죠? 지난번에 받은 젤리랑 초콜릿은 하야시 씨가 돌아

이웃 주민들과 즐거운 한때를 보내는
만년의 타키코 씨.
(촬영일 불명, 원산)

가고 나자마자 이웃 사람들을 불러서는 '일본 과자야, 먹어봐' 라며 나눠드렸답니다."

타키코 씨는 지난 55년 동안 딱 한 번 일본을 방문했다. 2000년 '고향방문사업' 때였다. 조선과 일본적십자사가 1997년, 1998년, 2000년에 걸쳐 총 세 차례 진행한 이 사업으로 43명의 일본인 아내가 일본을 방문했다. 세 번째 고향방문사업에 참여했던 16명 가운데 한 사람이 타키코 씨였다. 며칠 동안 고향 미야자키에 머물면서 남동생과 재회했다. 하지만 체재 기간은 너무 짧고 분주했다. 타키코 씨는 자기 손으로 쌀을 씻고 밥을 지어 남동생에게 먹이고 싶었지만 그걸 못 한 게 귀국 후에도 쭉 아쉬웠다.

타키코 씨를 처음 만난 후 나는 일본에서 지나간 신문기사를 찾아보았다. 고향방문사업 풍경을 전하는 기사 가운데 타키코 씨가 고향의 부모님 무덤 앞에서 손을 모은 사진이 있었다. 그 사진을 보니 타키코 씨가 들려준 이야기가 자연스레 떠올랐다.

"말도 없이 왔어요. 어머니가 얼마나 많이 우셨을지."

오랫동안 갈 수 없던 고향을 향한 타키코 씨의 마음은 어떠했을까. 고향 생각이 날 때마다 자연스레 떠오른 정경은 무엇이었을까. 그와 동시에 어떤 감정이 끓어올랐을까. 기쁨도 슬픔도 허무함도 향수도 아닌, 분명 그런 것들을 한참 뛰어넘는 감정으로 살아왔으리라. 만날 수 없던 어머니에게는 무슨 말을 전했을까. 나는 타키코 씨에게 조용히 물었다.

"고향에 가셨을 때 부모님 무덤 앞에서 마음속으로 무슨 말씀을 건네셨나요?"

"……."

타키코 씨의 표정이 비통한 모습으로 바뀌었다. 입 가장자리가 살짝 움직이는 듯했지만 한동안 침묵이 흘렀다. 괴로워하는 표정을 보며 '이런 질문은 하는 게 아니었는데' 하고 속으로 용서를 빌었다. 어머니를 향한 타키코 씨의 마음은 이번 취재 때 반드시 확인해야 할 중요한 사항이었다. 무슨 일이 있어도 물어봐야 한다고 생각했다. 그러나 타키코 씨는 지금 너무 괴로운 기억을 억지로 끄집어내고 있었다. 타키코 씨 입장에서는 '이제 와 그런 걸 물어 대체 어디에 쓸 생각이냐'라는 생각이 들지 않을까. 옆에서 가만히 지켜보던 딸 키미코 씨가 어머니의 표정을 살피며 천천히 입을 열었다.

"할머니 무덤 앞에서 '어머니, 죄송합니다. 제가 가져온 유일한 선물은 저의 건강한 몸뿐입니다. 말도 없이 일본을 떠난 저를 부디 용서하세요.' 이렇게 말했지?"

키미코 씨가 상냥하게 어머니의 얼굴을 들여다보며 말했다.

"응……."

타키코 씨는 들릴까 말까 한 목소리로 대답하며 아주 살짝 고개를 끄덕였다.

"당시 일본에 갔다 온 엄마가 그렇게 말했어요."

타키코 씨의 어머니 시나오 씨는 1998년 아흔아홉을 일기로 돌아가셨다. 제1차 고향방문사업 때 갔더라면 어머니를 만날 수 있었으리라. 일본을 떠난 뒤로 쭉 어머니를 만나 용서를 구하고 싶었지만, 결국 이루지 못했다는 고통이 마음 깊이 남아 있었다. 그날 취재에서 인상 깊었던 것은 타키코 씨가 앨범을 넘기며 사진을 하나하나 뚫어지게 바라보는 모습이었다. 특히나 젊은 시절 남편 사진이 나왔을 때는 그 뺨에 손을 대며 "봐요, 참 잘 생겼지요" 하고 한없이 사진을 어루만졌다.

취재를 마치고 짐을 정리하는데 딸 키미코 씨가 원산 미역으로 만들었다는 조미가루와 살구절임을 선물했다. 모두 키미코 씨가 직접 만든 것이었다. 이 지역에서는 매실이 나지 않기 때문에 타키코 씨는 매실절임 대신 살구절임을 만들기 시작했다. 이곳은 살구절임이 유명한데 키미코 씨가 만드는 살구절임은 엄마의 맛이라고 했다. 살구를 소금에 절인 뒤 소쿠리에 올려 물을 빼고 며칠이고 말린다.

"일본에서는 매실이 쪼글쪼글해질 때까지 말리는데, 그렇게 말려야 맛있다고 엄마는 늘 이야기하셨습니다. 그리고 이건……."

키미코 씨가 건네준 파란 메모지에는 타키코 씨 남동생의 일본 주소와 전화번호가 적혀 있었다. 지난번 방문 때 연락처를 물어본 걸 기억한 모양이었다. 마지막으로 거실 방석에 앉은 타키코 씨 앞에 앉아 인사를 하려 할 때였다. 타키코 씨가 두 손으로 내 오른손을 쥐고는 말없이 고개를 숙였다. 이마가 마룻바

자택 거실에서 딸 키미코 씨와
이야기를 나누는 타키코 씨.
(2016년 8월, 원산)

닥에 닿을 듯해서 표정이 보이지 않았다. 내 오른손은 타키코 씨의 머리 바로 위에 있었다.

"가지 마세요."

작은 목소리가 들렸다. 손힘이 너무 세서 나는 지금도 타키코 씨를 떠올릴 때마다 그 오른손의 감촉이 떠오른다. 하고 싶은 말은 많은데 말로 다 표현할 수가 없어 감정을 억누르는 수밖에 없었으리라. 가까이서 그 모습을 본 키미코 씨가 "엄마, 또 오실 거야"라며 달랬다.

"반드시 또 오겠습니다. 그때까지 건강하세요. 분명 다시 만날 겁니다."

그 말을 듣고서야 타키코 씨는 고개를 들었다. 그러고는 내 눈을 지그시 바라보며 힘없이 중얼거렸다.

"당신이 내 손녀 같아요. 꼭 다시 오십시오."

"또 만나요."

말은 그렇게 했지만 겨우 두 달 반 만에 이렇게 약해진 타키코 씨를 보니, 이번이 마지막일지도 모른다는 생각이 들었다. 내가 먼저 꼭 잡은 손에 힘을 빼고 일어설 수밖에 없었다. 방을 나선 뒤 현관문이 완전히 닫히는 순간까지 갈색 서랍장에 기대어 날 보는 타키코 씨와 눈을 맞추었다.

그날 저녁, 호텔로 돌아와 키미코 씨가 준 살구절임을 맛보았다. 분홍색 용기에 정성스레 차곡차곡 담겨 있었다. 매실절임보다는 조금 더 달콤하고 딱딱했다. 일본에서 먹던 그리운 맛을 기억하며 타키코 씨가 만든 맛이라 생각하며 조금씩 천천히 깨물어 먹었다. 창문 너머로 바다가 보였다. 이곳에 와서 55년 동안 바다 건너 아득한 고향 쪽을 바라보며 타키코 씨는 무슨 생각을 했을까.

귀국사업이란

1959년 12월부터 1984년 7월까지 일본에 사는 한반도 출신 사람들이 조선민주주의인민공화국으로 이주하는 귀국사업이 진행됐다. 주최는 북한과 일본적십자사. 이 사업으로 일본에서 바다를 건넌 재일조선인과 그 가족은 약 9만 3,000명이다. 그중 일본인 아내와 그 자녀 등 일본 국적 소지자는 약 6,800명, 일본 국적 일본인 아내는 약 1,830명으로 알려졌다. 그 밖에 재일조선인 남편과 결혼해 국적을 조선으로 바꾼 일본인 여성도 있을 터라, 실제로 일본인 아내가 정확히 몇 명인지는 알 수 없다.

나는 2013년부터 지금까지 열한 차례 방북했고 주로 일본인 아내를 취재해왔다. 1910년 일본이 한일합병을 강제해 한반도를 식민지화한 이래 1945년 아시아·태평양전쟁으로 패전하기까지 일본에는 조선인이 급증했다. 1911년 겨우 2,500명이 조금 넘던 재일조선인이 1945년 패전 때는 약 200만 명으로 크게 늘었다(『조선총련을 중심으로 한 재일조선인 통계편람 쇼와56년판』, 공안조사청, 1981). 그 이유는 조선에서의 생활고를 벗어나기 위해, 교육을 받기 위해, 일본인 배우자와 함께 살기 위해, 탄광과 군수공장 등 노동 징용이나 징병으로 전쟁 중 동원된 경우, 유학 등 다양하다.

내가 취재한 일본인 아내의 남편도 일본에 온 재일 1세 혹은 그들의 자녀로 일본에서 태어난 재일 2세다. 이 시기 일본에 건너온 조선인 대부분은 한반도 남쪽, 오늘날 한국 출신으로 알려졌다. 1945년 일본 패전 후 1948년 8월에 대한민국이, 같은 해 9월에 조선민주주의인민공화국이 세워졌다. 1945년 이후 일본에서 한반도 고향으로 돌아간 사람들은 1950년 5월까지 약 140만 명에 달했지만, 전후 혼란이나 1950년 터진 6·25전쟁 때문에 일본 생활 유지를 선택하거나 새로 일본으로 밀항하는 등 많은 조선인이 일본에 정착했다.

타키코 씨 남편 대순 씨의 출신지는 북위 38도선에서 30킬로미터 정도 북쪽에 있었다. 1947년에 북위 38도선 이북에서 온 재일조선인을 희망자에 한해 고향으로 귀국시키는 사업이 두 차례 실시되었지만, 대순 씨는 귀국하지 않았다. 이미 타키코 씨와 새로운 생활을 시작하고 있었기에 당분간은 일본에 살기로 한 것이리라.

1950년 6월부터 1953년 7월까지 3년에 걸친 6·25전쟁 당시 300만에서 400만가량의 사람이 희생된 것으로 알려졌다. 한반도는 남북으로 분단되었고, 그것이 재일조선인 사회에도 큰 균열을 가져왔다. 전쟁이 끝나고 휴전협정 체결 몇 년 후 한반도 북쪽으로 집단 귀국을 원하는 이들의 목소리가 높아졌다.

"북한에서 귀국하는 일본인을 데리러 떠나는 적십자선 '코지마마루호'에 우리를 태워서 귀국시켜달라."

1956년 4월 6일 오후, 약 50명의 재일조선인이 일본적십자사를 찾아가 적십자선으로 귀국하고 싶다는 뜻을 밝혔다. 일본적십자사 귀국사업에 관한 기록은 이날로부터 시작된다(『일본적십자사 사사고 제7권』, 1986). 1958년에는 나가사키의 오무라입국자수용소에 있는 재일조선인 일부가 조선민주주의인민공화국으로의 귀국을 희망하며 단식투쟁을 벌였다. 그 후로 귀국을 원하는 목소리가 높아지자 일본적십자사는 인도적인 차원에서 귀국사업에 착수한다고 밝혔다.

재일조선인 귀국사업에 관해서는 이제까지 많은 연구자와 저널리스트의 검증과 정리가 있지만, 그 발단이나 사업 진행 이유에 대해서는 다양한 설이 존재한다.

1958년 8월, 가와사키에 사는 재일조선인이 집단 귀국을 희망한다며 김일성 수령에게 차별과 가난을 호소하는 편지를 보냈다. 그 직후인 9월, 김일성 수령은 건국 10주년 기념행사에서 "일본에서 삶의 길을 잃고 조국으로 돌아오려 하는 동포의 염원을 열렬히 환영한다"라고 선언했다. 이 말이 일본에 전해지면서 귀국운동이 전국적으로 퍼진 큰 요인이 되었다는 견해가 일반적이다.

한편 재일조선인 집단 귀국은 성가신 존재를 쫓아내고 싶다는 일본 정부의 바람이 배경이었다는 견해도 있다(『북한행 엑서

더스: 그들은 왜 '북송선'을 타야만 했는가?』, 테사 모리스 스즈키, 2007).

1953년 8월, 외무성과 입국관리국 관계자가 출석한 '재일조선인 북한 송환 문제에 관한 모임'에서는 "많은 재일조선인이 북한으로 돌아간다는 건 좋은 취지다"라는 견해와 "재일미군은 치안을 위해 일본에 사는 조선인 수가 줄어들기를 희망한다"라는 견해가 오갔다(『재일조선인의 북한 귀국 문제 1건 제1권』, 외무성 자료). 아울러 일본적십자사 귀국사업 관계자는 1956년에 "일본 정부로서는 성가신 조선인을 일본에서 몰아낸다는 이익이 있다"라고 썼다(『재일조선인 귀국 문제의 진상』, 일본적십자사, 1956).

받아들이는 쪽도 6·25전쟁 후 나라 재건과 경제 발전을 위한 인재 확보, 한일 관계 진전, 한국을 향한 사회주의 체제의 우월성 과시 등의 측면에서 귀국을 환영했다. 그러나 귀국사업이 이만큼 대규모로 실현된 배경에는 무엇보다 일본에 사는 재일조선인의 빈곤과 차별 같은, 그야말로 냉엄한 사회적·경제적 역경이 있었다.

1952년 4월, 샌프란시스코강화조약이 발효되자 일본에 사는 조선인과 대만인은 일본 국적을 상실하고 외국인이 되었다. 다시 말해 이 시기부터 일본에 사는 재일조선인은 사회적·정치적 권리를 박탈당했다. 당시 수많은 재일조선인이 직업 차별에 직면해 있었다. 토목업이나 파칭코업, 고철업, 안정되지 않은 일용직 같은 한정된 직업군에 종사할 수밖에 없었다. 1954년 12월 시점으로 재일조선인 완전실업률은 5.14퍼센트로 일본인 완전실업률의 약 8배에 달했다(『재일조선인의 생활실태』, 일본적십자사, 1956).

아울러 하천 부지 같은 곳에 판잣집을 지어 사는 조선인 부락도 전국에 나타나는 등 생활이 곤궁했다. 귀국자 중에는 회사 경영자나 전문 지식을 가진 고학력자도 포함돼 있었지만, 귀국 사업이 개시된 1959년 12월 귀국자 가운데 생활보호수급자는 41퍼센트를 넘었다. 1959년 12월부터 1967년 12월까지 귀국한 약 8만 8,600명 가운데 성인 남성의 39.6퍼센트가 무직이었다(『출입국 관리와 그 실태 쇼와46년판』, 법무성 입국관리국, 1971).

이 귀국사업으로 북한에 건너간 재일조선인의 95퍼센트 이상은 고향이 남한인 사람들이었다(『재일조선인 귀국 문제의 진상』, 일본적십자사, 1956). 당시에는 많은 재일조선인이 북측 조선민주주의인민공화국을 지지했다. 귀국사업이 시행된 1950년대부터 1960년대에 걸쳐서는 세계적으로 사회주의의 기세가 높았다. 일본에서는 미일안전보장조약에 반대하는 학생운동, 좌익운동이 전국적으로 전개된 시기였다. 1961년에는 소련이 처음으로 유인 우주 비행에 성공을 거뒀다. 한국에서는 이승만 대통령에 의한 독재정권이 이어져 불안정한 상태였다. 1960년 1인당 GNP(국민총생산)는 한국 측 통계로도 한국 79달러, 북한 137달러였다(『북한 귀국사업: '거대한 납치'인가 '추방'인가』, 기쿠치 요시아키, 2009).

가까운 미래에 북한 주도의 남북통일이 실현되어 남한 고향을 오갈 수 있으리라고 생각한 귀국자도 많았다. 바다를 건넌 일본인 아내들은 3년 후에는 북한과 일본이 서로 왕래할 수 있게 되리라고 인식하고 있었다. "이곳에 온 일본인은 모두 그렇게 생각했어요"라고 어느 일본인 여성은 말한다. 북한으로 가는 걸 반대하는 부모님에게 "3년 후에 돌아올게" 하며 이해를 시켰다는 여성도 있다.

1959년 4월, 제네바에서 북일적십자대표회담이 열렸다. 같은 해 8월, 인도 콜카타에서 북한 조선적십자회와 일본적십자사가 재일조선인 귀환협정을 맺었다. 귀환협정이 맺어진 이듬해 9월 3일, 일본적십자사는 '귀국 안내'를 공표했다. 거기에는 귀국 절차부터 승선까지 자세히 쓰여 있었다. 각지에서 적십자 열차를 타고 니가타까지 이동한 뒤 버스로 니가타적십자센터에 입소해 3박 4일을 보낸다. 그 사이 출국 증명서 교부, 수하물 검사 등 출국을 위한 준비가 이루어진다. 수하물은 1인당 60킬로그램까지, 그 이상은 경비가 발생한다는 내용부터 주의사항까지 적혀 있었다. 그리고 그해 9월 21일부터 전국 각지에 설치된 창구에서 귀국 신청이 개시됐다.

미디어 보도

1959년 12월 14일 오후, 귀국자 238세대 975명을 나눠 태운 제1차 선박 크릴리온호와 토볼스크호가 니가타항 중앙 부두에서 출항했다.

이날 「마이니치신문」 석간 1면에는 '귀국 제1선 니가타 출항

희망을 싣고 청진으로', 「아사히신문」 석간에는 '환호하는 975명 니가타항 제1차 선박', 「요미우리신문」 석간에는 '귀국 제1선, 희망의 배가 뜨다! 경유 없이 청진까지 들끓는 니가타항 만세'라는 제목의 기사가 실렸다. 사진에는 수천 명에 달하는 배웅 인파와 선박 사이에 어지러이 뒤섞인 여러 겹의 테이프, 웃는 얼굴로 트랩을 오르는 사람들, 전날 센터에서 날씨 인형을 만드는 모습, 출항일 아침 아이들에게 깨끗한 한복을 입히는 모습 같은 사진이 실렸다.

전날인 13일 '북한으로 돌아가는 사람들'이라는 제목의 「마이니치신문」 사설에는 다음과 같은 논설이 실렸다.

"떠나는 사람들이 일본에서 그리고 일본인에게서 받은 좋은 기억만 갖고 가길 빈다. 이것이 서로의 우호를 단절시키지 않기 위한 최선의 방법이다. 떠나보내는 우리도 그동안 부족했던 점을 반성하며, 그들이 북에서 행복하게 살기를 진심으로 바란다. 이 사람들의 다복한 귀국이 쌍방의 인간으로서 따뜻한 우정으로 이어지길 기대한다."

이렇게 해서 1984년까지 25년에 걸친 귀국사업의 긴 역사가 시작되었다. 이틀 후 동쪽 해안 청진에 도착한 귀국자들은 시내 숙소에서 며칠 머문 뒤 수도 평양이나 농촌 내륙, 바닷가 마을 등 각지로 흩어졌다. 내가 취재한 여성들도 수도 평양에 배치된 사람이 있는가 하면, 남편의 전문 지식을 살릴 수 있는 지방 도시에 배치된 사람도 있다. 청진에 도착하자 예상했던 광경과 현실의 차가 너무 커 실망한 이들이 많았다는 건, 탈북자들의 증언으로부터 오늘날 일본에 크게 보도되고 있다. 한편 6·25전쟁이 휴전하고 겨우 6년밖에 지나지 않은 시점에서 그 정도는 예상했다는 증언도 있다.

1959년 12월 평양에서 일본인 아내들과 함께 새해를 맞은 일본 특파원의 기사가 「요미우리신문」 1960년 1월 9일 자에 실렸다. '북한으로 돌아온 일본인 아내들. 꿈만 같은 새해, 정말로 오길 잘했다'라는 제목이 달려 있었다. 당시 우익이든 좌익이든 정치 성향과 관계없이 거의 모든 매스컴이 재일조선인의 '조국'으로 가는 귀국을 대대적으로 보도했다. 조선총련(재일본조선인총연합회)과 재일단체가 전하는 정보와 더불어 방북한 일본인들의 진술이 귀국운동에 박차를 가했다.

일본의 주요 신문사와 통신사 기자단 7명이 1959년 12월 18일부터 1960년 1월 5일까지 북한에 머물면서 제1차 선박으로 평양에 도착한 귀국자들을 취재한 르포『북한의 기록: 방북 기자단 보고』(신독서사, 1960)나 귀국사업 전년도인 1958년 8월부터 10월에 걸친 방북 기록으로 베스트셀러가 된 데라오 고로의 저작『38도선의 북쪽』(신일본출판사, 1959) 같은 책은 전쟁으로 폐허가 되었지만 급속한 발전을 거두고 있는 이 나라의 모습을 보다 현실적으로 다루었다.

1984년 7월까지 계속된 귀국사업. 187차의 배편으로 약 9만 3,000명이 일본에서 조선민주주의인민공화국으로 건너갔다. 그

중 80퍼센트는 처음 2년 동안 건너간 사람들이다. 일본에 남은 친척과 계속 연락을 주고받은 귀국자가 있는가 하면, 연락이 끊긴 경우도 있다. 바다를 건너간 약 9만 3,000명. 그 수만큼의 이야기가 그곳에 있다.

고향 풍경

타키코 씨의 고향인 미야자키 다카나베 마을은 미야자키평원 북부에 자리한, 바다와 산으로 둘러싸인 곳이다. 저녁나절이면 붉은 보랏빛으로 물든 하늘이 마을 한가운데로 흐르는 오마루강에 반사되어 환상적인 분위기를 자아냈다.

"이건 뽕나무 잎, 여기 붉은 뽕나무 열매가 가득 맺히면 먹을 수 있습니다. 이것 보세요, 벌써 열린 것도 있네요."

타키코 씨의 두 살 터울 남동생 이데 마모루 씨가 정성껏 가꾼 정원 식물을 가리키며 말했다. 마모루 씨는 오랜 세월이 흐른 지금도 다카나베 마을에 살고 있었다. 현관 옆에는 마모루 씨가 바다에서 모아온 유목流木과 조개껍데기가 산더미처럼 쌓여 있었다. 취미인 유목 아트 디자인과 조개껍데기 액세서리를 만들기 위해서였다. 지붕 위 기왓장에는 이데 가문 문장이 조각되어 있었다.

2016년 12월, 나는 타키코 씨의 딸 키미코 씨가 건네준 파란 메모지에 적힌 번호로 전화를 걸었다.

"여보세요……."

수화기 너머로 남성의 목소리를 들었을 때, 대번에 그가 타키코 씨의 남동생 마모루 씨임을 알 수 있었다.

"믿으실지 모르겠지만 원산에서 타키코 씨를 만났습니다."

그런데 예상치 못한 대답이 돌아왔다.

"누나는 9월 초 세상을 뜨셨다는 편지를 받았습니다."

내가 마지막으로 타키코 씨를 만난 건 8월. 그 몇 주 사이에 돌아가셨다는 사실을 이 전화로 처음 알았다. 타키코 씨가 그토록 그리워하던 고향은 어떤 곳일까. 그 장소가 확실히 존재한다는 것을 확인하려고 봄에 마모루 씨를 방문하기로 했다. 전화로 마모루 씨에게 타키코 씨가 집 뒤 대숲에서 놀던 추억을 이야기하자 "아, 그래요, 맞아요. 그랬어요, 그랬어"라고 그리운 듯이 말했다.

2017년 4월, 마모루 씨의 자택 소파에서 타키코 씨와의 추억담을 들었다. 이제 원산에 가도 타키코 씨의 증언을 듣는 일은 불가능하기에 아무리 사소한 일이라도 다 듣고 싶다는 마음이 간절했다. 마모루 씨가 어릴 때, 아버지 닌페이 씨는 전쟁터에 나갔다. 어머니는 농사일로 바빠서 어머니 대신 장녀인 타키코 씨가 마모루 씨를 돌보았다. 타키코 씨는 소학교 때부터 어린 마모루 씨를 업고 학교에 다녔다. 그 일을 마모루 씨는 잊지 않고 감사하며 살아왔다.

"타키코 씨는 어떤 누나였나요?"

"음, 제가 소학교에서 남자아이들한테 왕따를 당했거든요. 녀

석들은 쫓아오고 저는 필사적으로 도망치는데, 누나가 달려와서 도와줬어요. 남자아이들 앞에서도 지지 않고 맞서는, 강한 누나였습니다."

타키코 씨가 "남자애들하고 싸우기도 잘 싸우고. 남자보다 더 씩씩했지"라며 웃던 기억이 났다. 그들 남매 사이의 기억이 조금씩 내 안에 쌓이고 있음을 실감했다. 마모루 씨는 타키코 씨의 남편을 또렷이 기억하고 있었다.

"체격이 좋았어요. 멋진 남자였습니다. 일본 사정이나 일본말도 일본인 이상으로 잘 알았어요. 일본 이름이 뭐였는지는 잊어버렸지만, 아무튼 좋은 남자였어요."

그러면서 덧붙였다.

"하지만 누나가 저쪽으로 간 건 56년이나 지난 일입니다. 우리 딸이 쉰여섯이니까 아주 옛날이야기지요."

이날 마모루 씨의 딸 히로코 씨가 친정을 방문했다. 타키코 씨 일가가 원산으로 건너간 해에 태어난 히로코 씨는 이런 이야기를 들려주었다.

"할머니는 살아생전 하루도 거르지 않고 아침에 불단 앞에서 가족들을 위해 기도하셨어요. 그때 가족 이름을 다 읊으셨는데 마지막에는 꼭 '…… 준지, 준코, 키미코, 토류, 히로코'라고 하시면서 끝을 맺으셨습니다. 북한으로 간 할머니 외손자 외손녀 넷의 이름이었어요. 그래서 저는 만난 적이 없어도 자연스럽게 타키코 고모의 아이들 이름을 외울 수 있었지요. 몇십 년이나 아침마다 들었으니까요."

히로코 씨는 할머니 시나오 씨를 돌아가실 때까지 간호했다. 1년 전 원산에서 웃는 얼굴로 나를 맞아준 타키코 씨를 처음 만난 그날, 어머니와 동생 등 일본에 있는 가족 이야기와 고향 추억을 듣긴 했지만 어쩐지 먼 옛날이야기 같았다. 내가 전혀 모르는 땅, 모르는 타인과 이어진 가족의 역사. 그랬는데 지금 이곳을 방문해 타키코 씨와 핏줄이 이어진 가족을 보니, 타키코 씨가 소중히 여기던 것이 지금 내가 사는 일본에도 분명히 존재한다는 사실이 피부로 느껴졌다.

2000년에 타키코 씨가 딱 한 번 고향을 방문했을 때, 히로코 씨와 마모루 씨도 미야자키공항으로 타키코 씨를 맞이하러 가서 포옹했다고 한다.

"고모는 앉을 때 무릎을 세우고 앉았어요. 커피를 마실 때도요. 저쪽에서 오래 살다 오셔서 습관이 몸에 배셨네, 하고 생각했던 것을 기억합니다."

나는 다카나베 마을에서 3박을 했다. 숙소에서 자전거를 빌려 3일 동안 마을 중심부와 산을 돌았다. 타키코 씨가 어린 시절 자주 놀러 갔던 마이츠루공원은 벚꽃이 만개했다. 다카나베역 뒤편으로 펼쳐진 해안선이 어딘가 원산 풍경과 닮은 듯 보였다. 이곳에 살던 타키코 씨 모습과 이 마을 옛 풍경을 상상하며 틈틈이 멈춰 서서 사진을 찍었다.

마모루 씨의 자택을 나서기 전에 키미코 씨에게 전할 비디오 메시지를 녹화하기로 했다. 마모루 씨는 카메라를 똑바로 바라보며 조용히 이야기를 시작했다.

"저기…… 누나를 잘 돌봐줘서, 효도를 해줘서 정말 고맙다."

녹화를 마치고 "이걸 키미코에게"라고 말하며 마모루 씨가 건네준 것은 흰색과 갈색, 분홍색 조개껍데기로 만든 귀여운 수제 목걸이였다.

딸과 손자의 품에서

"조선식으로는 소주를 세 번에 걸쳐 술잔 가득 붓고, 향 위에서 잔을 세 번 돌리는 거예요. 이렇게……."

나는 미야자키에서 마모루 씨를 방문한 다음 주인 2017년 4월 25일, 원산을 다시 찾았다. 우연히 이날은 마모루 씨의 여든여섯 살 생일이었다. 자택에 안치된 타키코 씨 유골 앞에 앉아 마모루 씨가 보내준 일본 향을 피우고 소주를 술잔에 담아 향 위에서 세 번 돌렸다. 키미코 씨도 옆에서 함께 거들어주었다. 그런 다음 합장을 했다.

"3년 전쯤 제 친구가 우리 집에 놀러 와서 엄마한테 물은 적이 있어요. '어머니 돌아가시면 장례는 어떻게 치르고 싶으세요?' 하고."

키미코 씨는 언젠가 누구에게나 찾아오는 죽음을 놓고 타키코 씨와 나눈 대화를 들려주었다. 이때 집에서 30분 정도 거리의 산중 공동묘지에 잠든 아버지 대순 씨 옆으로 가고 싶으신지 어머니에게 물었다.

"산에는 모르는 사람밖에 없으니까 화장을 한다면 키미코 네 곁에 있고 싶어."

타키코 씨는 유골을 집에 두어달라는 뜻을 딸에게 전했다. 또 죽으면 고향방문사업 때 친구들과 옛날 담임선생님이 선물해준 녹색 기모노를 입고 싶다고 했다. 그 바람대로 타키코 씨는 녹색 기모노 차림으로 장례를 치렀다.

"3년 전 하신 말씀이 이렇게 현실이 되었습니다."

키미코 씨는 떨리는 목소리로 눈물을 참으며 말했다.

"지금도 엄마가 살아계신 것처럼 외출할 때 '엄마, 갔다 올게' 라고 말하기도 하고, 맛있는 음식을 만들면 '엄마, 같이 먹자'라고 말을 걸곤 해요."

2016년 9월 1일 밤, 키미코 씨는 오랜만에 카레라이스를 했다. 타키코 씨는 매운 음식을 잘 못 먹었다고 한다. 마지막까지 일본인의 미각이었던 타키코 씨의 입맛에 맞춰 늘 순한 맛 카레를 만들었다.

"딱 한 입 드시고 더는 안 드셨어요. 그래도 한 입만 더 드시라고 한 숟가락 먹여드렸습니다."

그다음 키미코 씨는 빨래를 하려고 옆방으로 자리를 옮겼다. "갔다 와서 자리 깔아드릴게"라고 하자 타키코 씨는 "응" 하고 고개를 끄덕였다.

"빨래하고 왔더니 엄마가 이 방에 쓰러져 있었어요. 놀라서

'엄마'라고 부르니 겨우 눈만 뜨고는 다시 감아버렸어요. 그래서 또 '엄마' 하니 이번에도 눈을 조금 떴다가 감는 겁니다. '엄마!' 하고 볼을 두드리며 '엄마, 엄마, 왜 그래요!'라고 했습니다."

키미코 씨의 목소리를 들은 아들 광민 씨가 다른 방에 있다가 서둘러 달려왔다. 30분 이상 인공호흡을 했지만 이미 늦었다. 시곗바늘은 9시 40분을 가리키고 있었다.

"그 순간 갑자기 폭우가 쏟아지더니 천둥소리가 들렸어요. 지금 생각해보면 엄마는 마지막에 제가 방으로 들어오길 기다리고 있었던 것 같습니다."

귀국할 때까지

키미코 씨는 1953년 7월 26일 타키코 씨의 차녀로 후쿠오카에서 태어났다. 오빠 준지 씨는 1948년에, 언니 준코 씨는 1950년에 태어났다. 남동생 토류 씨는 원산에서 1964년에 태어났다.

내가 타키코 씨를 처음 만난 건 돌아가시기 3개월 반 전. 마지막으로 만난 것은 임종 3주 전이다. 이미 여든아홉 살이라는 고령이었고 몸도 약해진 타키코 씨와 많은 이야기를 나누기에는 부담이 컸다. 결국은 키미코 씨의 기억을 통해 타키코 씨 인생의 궤적을 되짚어갔다. 키미코 씨는 일본말을 할 줄 알았고 오래전 기억을 선명하게 기억하고 있었다. 지금 생존한 일본인 아내를 직접 만난다고 해도 얼마나 자세히 인생의 묘사와 기억을 들을 수 있겠는가. 나는 타키코 씨의 죽음에 직면하여 시간과

가능성에 한계가 있음을 실감했다.

타키코 씨의 남편이자 키미코 씨의 아버지인 사대순 씨는 1921년 일본 식민지 통치 아래 조선 철원에서 5남매 중 장남으로 태어났다. 일찍이 철원은 서울과 원산 사이 약 223킬로미터를 잇는 경원선이 지나던 교통의 요지였다. 철원역 주변은 방적 공장과 교육시설, 극장과 상점이 늘어선 번화가였다. 이 마을은 북위 38도선에서 북으로 약 30킬로미터 떨어진 곳인데 군사경계선으로는 남쪽에 위치한다. 대순 씨가 소년 시절을 보낸 고향 철원은 현재 한국 지역인 것이다. 6·25전쟁 때 격전지였기에 마을은 폐허가 되었다. 지금은 당시 철원 중심부에서 떨어진 곳에 남북 각각 새로이 '철원'이라는 이름의 마을이 생겼다.

대순 씨는 일본 식민지 아래 태어난 조선 소년으로 자랐다. 어린 시절 마을 축제에서 피리 비슷한 조선의 전통 악기 장새납을 자주 연주했다. 키미코 씨가 원산에서 작은삼촌으로부터 들은 일화를 들려주었다.

"아버지가 어릴 때는 아주 대단하셨다고 들었어요. 할아버지, 그러니까 아버지의 아버지는 충분한 교육을 못 받으셨지만 한방 지식이 있어 침과 뜸을 놓으실 줄 알았대요. 하지만 술만 마시면 망나니가 되셨다고 합니다. 그런 술꾼 할아버지를 골려주려고 어느 날 아버지가 마당에 구덩이를 파고 물을 부은 뒤 풀로 덮어서 할아버지가 술에 취해 거기에 빠질 때까지 나무 위에 올라가서 지켜보셨대요."

아버지가 일본에 온 경위도 삼촌이 알려주었다.

"아버지가 열여섯 살 무렵, 철원 집 근처 선로에 고정돼 있던 못을 뽑은 적이 있다고 합니다. 그것 때문에 사고가 나서 경찰에 붙잡혔다고 해요. 그런 일도 있고 해서 조선인이 일본으로 강제 노동을 하러 가게 되었을 때 '네 놈이 가라!'는 식으로 선별된 게 아닌가 하셨습니다."

열여섯 살에 홀로 일본에 온 대순 씨는 규슈 광산에서 일하게 되었다. 1937년의 일이다. 그해에는 중일전쟁 발발로 많은 일본인 노동자가 군사 동원되었기에 광산 노동력이 부족했다. 동시에 군수 확대로 석탄 수요가 늘었다.

대순 씨가 어떤 경위로 일본에 왔는지는 키미코 씨도 자세히 알지 못했다. 노동 인력 계획의 일환으로 한반도 조선인 노동자가 일본 탄광 등지에 배치된 것이 1939년이다. 당시 상황을 직접 아는 사람은 키미코 씨 주변에 없다. 말썽꾼 대순 씨를 일본으로 데려가 일을 시킨 것인지 혹은 경찰이 일본으로 보내버린 것인지 내막은 모르지만, 어느 쪽이든 키미코 씨는 아버지가 스스로 선택하여 일본으로 건너가지는 않았다고 확신했다. 탄광이 어디에 있었는지, 얼마나 일을 했는지는 묻지 않았다고 한다.

"하지만 아버진 역시 보통 사람은 아니었어요. 탄광에서 도망쳤다나 봐요. 그랬는데 누군지 몰라도 우연히 만난 일본인 부부가 아버지를 자기 아들처럼 귀여워하면서 일본말도 가르쳐주고 운전 연습을 시켜줬다고 합니다. 그리고 운전사로 일하다가 엄마를 만나 결혼을 하신 거지요."

대순 씨의 일본 이름은 기요마츠 다이준. 생전에 타키코 씨가 남편을 처음 만났을 때는 조선인인 줄 몰랐다고 했던 것이 기억났다. 남동생 마모루 씨가 대순 씨는 일본 사정을 일본인 이상으로 잘 안다고 했던 것도. 조선인 부모 사이에서 태어난 대순 씨는 낯선 땅에서 '기요마츠 다이준'으로 10대와 20대를 필사적으로 살아냈으리라.

타키코 씨의 어머니 시나오 씨는 조선인 사위 대순 씨를 반대했다. 그런 까닭에 타키코 씨와 대순 씨는 야반도주하듯 미야자키를 떠나 후쿠오카로 갔다. 어머니도 이윽고 두 사람의 관계를 인정했지만 그들의 삶은 녹록지 않았다. 타키코 씨 오빠가 대순 씨에게 물려준 자동차 운전사 직업 덕분에 어떻게든 생계를 이어갈 수 있었다. 키미코 씨한테는 지금도 잊을 수 없는 기억이 있다. 일본을 떠나기 몇 달 전의 일이다.

"소학교에서 연극 발표를 했거든요. 저는 주연을 맡고 싶었는데 선생님이 나비 역할을 줬죠. 그게 얼마나 분하던지. 주연으로 뽑힌 아이는 부잣집 딸이었어요. 선생님 앞에서 울고 집에서도 매일 엄마 앞에서 엉엉 울었어요. 하지만 엄마는 나비 역할에 입을 옷을 벌써 사두셨죠. 하루는 그 옷에 나비 날개를 달던 엄마가 우는 모습을 봤어요. 힘들게 옷을 준비하셨을 텐데 내가 우니까 엄마도 서러우셨구나, 하고 어린 마음에도 그런 생각이 들더라고요. 그 순간 내가 참아야 하는 거구나 싶었습니다."

키미코 씨는 한반도 정세에 관한 라디오 방송을 들으며 우는 아버지 모습을 기억했다. 1937년 열여섯 살에 혼자 일본에 와서 1961년 마흔 살에 한반도로 귀국할 때까지, 대순 씨는 24년을 일본에서 살았다. 그 사이 일본의 조선 통치는 끝이 났지만, 그 직후 강대국에 의해 38도선이 쳐지고 고향 철원은 '북'조선 구역이 되었으며 6·25전쟁의 격전지가 되었다.

38도선 북측 철원에 살았기에 대순 씨 친척 남성들은 인민군 병사가 되어 싸웠다. 대순 씨 어머니 여동생의 아들들, 그러니까 이종사촌 형제들도 인민군이 되었는데 하루는 그런 이유로 이모 가족이 처형되는 사건이 벌어졌다. 일가족 전원이 나무에 목이 매달려 참수된 채 발견되었다. 아직 철원에 남아 있던 대순 씨 가족은 자기들에게도 위험이 닥칠 것을 예감하고 고향에서 도망쳐 뿔뿔이 흩어졌다.

여동생은 철원 근교에 머물렀고, 막내 남동생은 금강산 주변으로, 대순 씨 바로 아래 남동생은 원산 근교까지 달아났다. 어머니도 원산 근교로 도망쳤지만, 어느 날 배가 고파 무밭을 걷다 미군 전투기의 공격을 받고 돌아가셨다. 라디오에서 고향 일들이 흘러나올 때마다 대순 씨는 그런 기억이 떠올랐으리라.

이미 가족 모두가 분단된 군사경계선 북측에 살고 있다는 사실을 편지로 알게 된 대순 씨는 귀국사업이 시작되자 '조국으로 돌아가고 싶다'는 뜻을 한층 굳혔으리라고 키미코 씨는 말한다. 다만 당시 아직 어렸던 그녀는 온 가족이 한반도로 이주한다는

귀국선을 타러 니가타로 향하는 열차 안에서
아버지가 촬영한 여덟 살의 키미코 씨.
(1961년 8월, 일본)

사실을 곧바로 알지는 못했다고 한다. 1961년 7월 무렵, 키미코 씨는 대순 씨 손에 이끌려 처음으로 조선학교에 갔다.

"열차와 버스를 갈아타고 겨우 도착한 조선학교는 정말로 작은 집이었습니다. 저는 조선말을 몰라서 학교에서 잠만 잤죠. 거기서 배운 조선말은 아버지, 어머니, 국밥 정도였어요."

조선학교에 1주일 정도 다녔다. 그즈음부터 아버지의 고향으로 간다는 사실을 어렴풋이 느꼈다고 한다. 나고 자란 후쿠오카를 떠나는 날, 키미코 씨 형제자매를 귀여워하던 이웃의 아주머니가 "열차 안에서 먹으렴" 하고 포도를 선물한 일을 기억한다. 원산 자택 앨범에는 당시 여덟 살 키미코 씨가 후쿠오카역 플랫폼에서 짐 위에 멍하니 앉은 모습과 니가타로 향하는 열차 안에서 활짝 웃는 모습이 담긴 사진이 남아 있다. 사진 찍는 취미를 가졌던 대순 씨가 촬영해서 인화했다고 한다.

키미코 씨는 니가타적십자센터에서 출항을 기다린 기억이 많이 남아 있진 않았지만, 아침에 엄마와 함께 부지 안을 산책한 일은 기억했다. 배에 오르자 소련 사람이 많이 보였다. 자신은 뱃멀미가 너무 심해 대부분 누워 있었다고 한다.

"만세, 만세."

청진항에 가까워지자 멀리서 환호가 들렸다. 배에서 내리자 항구에서 기다리던 사람들이 키미코 씨 남매를 어깨에 태우고 환영하며 과자와 사과를 주었다. 규슈 사과에 비하면 굵기가 한 단계 작았다.

키미코 씨는 청진에서 함흥으로 가는 열차 안에서 창밖으로 끝도 없이 이어진 옥수수밭을 보았다. 9월이라 옥수수가 많았다. 아버지가 "조선에 가면 옥수수를 많이 먹을 수 있단다"라고 말한 생각이 났다. 한 가지 더 인상 깊던 것은 함흥에 다가갔을 때 선로 옆에 있는 수많은 폭탄 자국이었다. 대순 씨는 "6·25전쟁 때 미국이 떨어뜨린 폭탄이란다"라고 알려줬다.

함흥에는 귀국자를 받아들이는 기관이 있었다. 거기서 머무는 약 한 달 동안 아버지 가족이 있는 원산에서 사는 것이 결정되었다. 그리고 아버지를 뺀 가족 전원에게 새로운 이름이 주어졌다. 어머니는 '이데 타키코'에서 '사희수'로, 딸은 '이데 키미코'에서 '사미옥'으로.

"나라에서 이름을 지어줬어요. 어른들이 정한 것 같았습니다. 어느 날 갑자기 지금부터 너의 조선 이름은 이거야 식이었죠."

"새 이름을 받아들이기까지 시간이 걸리지 않았나요?"

소박한 질문을 해보았다.

"당연히 그랬죠. 겨우 익숙해진 건 학교에 다니면서부터예요. 친구들이 '미옥아'라고 부르니까요. 조선말은 몰랐지만 누가 날 부를 때 제일 먼저 이름을 말하잖아요. 그래서 금방 익숙해졌어요. 나이가 들었다면 꽤 힘들었을 거예요."

귀국 후 곧바로 원산시에서 20킬로미터쯤 떨어진 지역에 사는 아버지 친척을 만나러 갔다. 대순 씨로서는 24년 만의 재회였다. 대순 씨의 남동생은 폭탄 때문에 귀가 먹어서 큰 소리로 말해야 했다. 아버지 여동생은 식당에서 일하고 있었다. 대순 씨는 집에서 아이들에게 빨리 조선말을 배우게 하려고 벽에 조선말이 쓰인 종이를 붙여 두었다.

"아버지한테서 '제일 위의 단을 외워라, 못 외우면 밖에 놀러 나갈 수 없다'라는 말을 들었죠. 하루는 '아버지, 친구들이랑 잠깐 놀고 오겠습니다'를 조선말로 해보라고 시킨 적도 있어요. 조금씩 조선말을 배워나갔습니다."

키미코 씨는 그리운 듯 그때를 회상했다. 키미코 씨가 태어난 1953년은 6·25전쟁이 휴전한 해로 동년배 아이들이 적었다. 대신에 학교에는 중국이나 소련, 일본에서 온 귀국자의 아이들이 많았다. 또 당시에는 불발탄이 여기저기 떨어져 있었다. 아이들이 그걸 건드려 폭발해서 죽는 일도 잦았다. 그 때문에 원산에는 출입이 제한된 장소가 많아서 아이들끼리 산으로 놀러 가는 일은 드물었다. 키미코 씨가 조선말을 자유자재로 말할 수 있게 된 것은 3년쯤 지나서였다. 막내 토류 씨가 학교에 들어갔고 어머니 타키코 씨도 함께 학교에 다니며 말을 배웠다.

"일본에서 살다 온 귀국자에 어머니가 일본인이라서 차별받는 일은 없었습니까?"

"조선에 왔을 땐 말이죠, 제가 아이들 사이에서 골목대장 같은 존재였어요. 그래서 주변 아이들하고 금세 친해졌죠. 또 학교에서 과외활동이 많았는데 가야금이니 무용이니 여기저기 다

얼굴을 들이밀었어요. 조선말을 몰라도 재밌었죠. 그래서 신경 쓸 일이 전혀 없었답니다."

하루는 학교에서 배운 피리를 집에서 연습하는데, 갑자기 대순 씨가 키미코 씨의 피리를 가져가 멋지게 연주해서 깜짝 놀란 일이 있었다. 대순 씨가 일본에 있을 때는 악기를 연주하는 일이 없었기 때문이다. 그때 아버지가 어린 시절 고향 축제에서 장새납을 연주했다는 이야기를 삼촌에게서 들은 기억이 났다.

여태껏 들은 키미코 씨의 일화와 앨범에 남은 사진, 취재를 통해 얻은 인상으로는 키미코 씨가 유년 시절부터 사교적이고 누구하고나 쉽게 친해지는 성격이었음을 이해할 수 있었다. 어느 나라든지 마이너리티에 대한 차별과 편견이 존재한다. 하물며 겨우 20년 전까지 조선을 지배했던 일본을 증오하는 사람들도 많았을 테니, 차별받은 일본인이나 귀국자는 물론 있었으리라. 그러나 한편으로 키미코 씨처럼 환경에 잘 적응한 사람도 있었다. 막 건너온 무렵 아직 아이였던 까닭도 있었을 것이다.

키미코 씨는 스물부터 스물여섯에 결혼하기까지 마을의 일용품공장 병설 유치원 교사로 일했다. 남편 이재교 씨는 도쿄 아다치구 출신의 재일 2세. 아버지는 제주도에서 태어나 일본으로 건너갔다고 한다. 재교 씨 가족은 1967년 귀국사업으로 원산에 왔다. 키미코 씨는 유치원 원장의 소개로 원산예술학원 피아노 선생이던 재교 씨를 만나 결혼했다. 둘 사이에 태어난 아들이 광민 씨다. 남편 재교 씨는 2005년 병으로 세상을 떠났다.

일본인 모임

원산에는 일본에서 온 귀국자가 많이 살았다. 타키코 씨가 젊었을 때는 일본인들이 모여서 그리운 일본 노래를 부르는 일도 있었다. 1990년대 초반에는 행정 당국 주최로 원산 일본인 아내들을 위한 금강산, 평양, 백두산 단체여행이 이뤄지기도 했다. 그때 찍은 흑백사진도 앨범에 많이 남아 있었다.

"이건 평양에서 찍은 사진입니다. 원산에 사는 일본인 아주머니들이 다 같이 갔을 때 사진이에요. 지금은 거의 다 돌아가셨습니다."

앨범을 넘기며 키미코 씨가 한 장의 사진 앞에서 손을 멈췄다. 40명 정도가 찍은 단체사진. 1993년쯤 평양 대동강 근처에 들어선 창광산호텔 앞에서 촬영했다. 이 사진에는 타키코 씨도 있다. 키미코 씨는 중앙에 서 있는 한 여성을 가리켰다.

"이 아주머니, 생선 가게를 했어요. 광복 후에 남겨진 일본인이에요. 잔류 일본인. 벌써 돌아가셔서 이름은 기억이 안 나지만 다들 '생선 가게 여주인'이라고 불렀어요."

1945년 종전 직후 일본 사람들이 자국으로 철수할 때 가족과 생이별을 하고 이곳에서 살아온 잔류 일본인 여성이다. 이제까지 한반도 북쪽에 남은 잔류 일본인 개인의 존재가 알려진 적은 거의 없다. 이번 취재로 생존이 확인된 잔류 일본인은 함흥에 사는 아라이 루리코 씨(제4장)뿐이다. 생선 가게 여주인으로 살아온 잔류 일본인 여성이 이 일본인 집단에 당연하다는 듯이

원산 일본인 아내들이 평양을 방문했을 때 찍은 단체사진.
앞에서 둘째 줄 오른쪽에서 네 번째가 타키코 씨,
같은 줄 왼쪽에서 네 번째가 미나카와 미츠코 씨(제3장),
다섯 번째가 잔류 일본인 '생선 가게 여주인'.
(1993년께, 평양)

존재하며 타키코 씨와 마을 사람들과 같은 시대를 살아왔다는 것이 놀라웠다. 이 사진에 찍힌 여성들 '개인'의 인생이 기록되고 남겨지는 일은 거의 없었으리라. 일본에서는 '북한으로 귀국한 후 행방이 묘연해진 사람'에 속했을지도 모른다.

'고난의 행군' 무렵

타키코 씨의 남편 대순 씨는 원산에서 목재와 철골 등 건설자재를 구입해 건설현장에 운반하는 일을 하다가 1996년 뇌출혈로 사망했다. 아버지가 돌아가시고 어머니가 외로워할 것 같아서 강아지를 키우기 시작했다고 한다.

"조선말과 일본말을 둘 다 이해했어요. 엄마가 화를 내면 엄마 서랍에 쉬를 하기도 했죠."

토미라는 이름의 이 강아지는 여덟 살에 죽을 때까지 가족의 일원으로 소중하게 키워졌다. 그때까지 원산에서의 나날을 낙관적으로 이야기하던 키미코 씨. 나는 1990년 중반부터 시작된 기근을 키미코 씨 가족이 어떻게 헤쳐나갔는지 듣고 싶었다.

1990년 중반부터 몇 년 동안 이 나라 전 지역에 대기근이 몰아쳤다. 정확한 희생자 수는 알 수 없으나 적게는 20만 명, 많게는 200만 명이 사망한 것으로 알려졌다. 1996년 1월에는 조선노동당 기관지 「노동신문」이 사설에서 기근과 경제적 고난을 뚫고 나가기 위한 구호 '고난의 행군'을 전 국민에게 호소했다. 이 화제로 들어서자 키미코 씨의 안색이 굳어졌다. 정신을 가다듬

자택 앞에서 촬영한 가족사진.
앞줄 왼쪽부터 타키코 씨와 남편 대순 씨.
뒷줄 왼쪽부터 차남 토류 씨, 장남 준지 씨, 차녀 키미코 씨.
(1984년 11월, 원산)

는 듯이 조금 생각하더니 말했다.

"조선에 와서 저는 금방 친구도 생겼고, 무슨 일이 있어도 긍정적으로 밝게 살았어요."

살짝 웃으며 말을 이었다.

"하지만 마침 아버지가 돌아가셨을 때, 고난의 행군이 시작돼서 배급이 절반으로 줄고 주식이 쌀에서 옥수수로 바뀌었습니다. 사람들은 길가 풀을 뜯어 먹거나 산에 가서 도토리든 뭐든 먹을 수 있는 건 다 가져왔어요. 어느 날은 벼를 베고 논에 남은 줄기 아랫부분을 가루로 만들어 물에 끓여 먹기도 하고, 어느 날은 거기에 옥수숫가루를 섞어 면을 만들기도 했습니다. 이 시기가 제일 힘들었어요."

당시에는 살아남기 위해 질보다 양이 중요했다. 키미코 씨는 해외에서 배로 들여온 식량 지원 물자를 전달받은 일도 이야기했다.

"완두콩이 들어와서 먹은 기억도 있어요."

그러고는 일화를 하나 더 들려주었다.

"어느 날, 이웃집 노동당 사람이 포대에 든 쌀 3킬로그램을 집으로 가져다준 적이 있어요. 자기들도 정말 힘들었을 텐데. 아끼고 아껴서 나눠준 겁니다. 그때 그 사람들 모습을 지금도 잊을 수가 없습니다. 정말로 어려운 시기였으니까요."

키미코 씨는 갑자기 감정이 격해져 눈물을 흘렸다. 꾹 참고 당시 상황을 떠올리며 말하고는 있지만 기억하는 것도 괴로울 만큼 끔찍한 경험임을 실감했다.

조선말과 일본말

타키코 씨의 장남 준지 씨는 젊어서 도로공사 책임자로 활발히 일하다가 일흔 살을 넘긴 지금은 집에서 지낸다. 장녀 준코 씨는 남편과 함흥에서 살고 있다. 음악에 재능이 있던 막내 토류 씨는 원산제2사범대학이라는 주로 예능 분야 인재를 배출하는 전문대학에서 공부하며 금관악기 호른을 연주했다. 졸업 후에는 농업용 기계를 만드는 공장 책임자로 근무하며 쭉 함흥에서 살았다.

하지만 1996년에 아버지 대순 씨가 돌아가셨다는 소식을 듣고 서둘러 대형 트럭 짐칸에 올라타 집으로 오다가 사고를 당했다. 트럭이 굴러서 얼굴에 큰 상처를 입었고 갈비뼈가 여러 대 부러졌다. 그것이 원인이 되어 신체에 큰 장애를 입었다. 이제 걸어다닐 수는 있지만 기본적으로는 집에서 요양한다. 키미코 씨를 비롯해 남매 모두가 일본에서 온 귀국자와 결혼했다.

"우리 세대엔 귀국자끼리 결혼을 했는데, 우리 자녀 세대에는 상대가 귀국자 가족이든 아니든 전혀 상관이 없어졌어요."

키미코 씨는 이렇게 설명했다. 아들 광민 씨도 약혼자가 있지만 귀국자 가족은 아니다. 인민군에 소속된 여성이라고 한다. 타키코 씨가 죽고 3년은 상을 치러야 하기에 결혼은 아직이라고.

집에서 나누는 타키코 씨와 키미코 씨의 대화는 늘 조선말과

타키코 씨의 예순 살 생일날 마당 앞에 모인 가족.
제일 위가 차녀 키미코 씨.
(1987년 4월, 원산)

일본말이 섞여 있었다. 일본말로 '잇따行った'는 조선말로 '갔다', 이걸 섞어 사람이 가버렸다는 표현인 '잇짯따行っちゃった'를 '갓짯따'라고 했다. 일본말로 '하이자라'는 조선말로 '재떨이', '재떨이'를 '하이떨이'라고 불렀다. 타키코 씨는 일본에 있을 적부터 애연가여서 취재 중에도 종종 담배로 기분을 가라앉히고 했다. 두 사람 사이에는 이처럼 일본말과 조선말이 섞인 단어가 많았다. 이웃 친구들은 무슨 소리를 하는지 몰랐지만 타키코 씨와 키미코 씨 둘만이 알아듣는 말로 이야기할 때가 자주 있었다.

"타키코 씨는 집에서 키미코 씨를 뭐라고 불렀나요?"

"키미코라고 불렀어요."

"조선 이름 미옥이 아니라요?"

"그래요, 조선 이름으론 안 불렀어요. 쭉 키미코, 키미코라고."

"키미코 씨는 타키코 씨를 뭐라고 불렀나요?"

"저는 카짱, 카짱 하고 불렀죠. 규슈 사투리로."

"어머니라고 안 불렀나요?"

"마을 사람들 보는 앞에서는 그렇게 불렀지만 둘만 있을 땐 카짱이었어요."

조선에 건너오고 55년. 두 사람은 마지막까지 일본에 살았을 때처럼 서로를 불렀다.

소중한 가족

우리는 온돌로 따뜻해진 마루에 앉아 시간 가는 줄 모르고 이야길 나눴다. 창가엔 타키코 씨가 소중히 여기던 알로에 화분이 1년 전과 마찬가지로 놓여 있었다. 이 집은 타키코 씨가 원산에 온 뒤로 산 세 번째 집이다. 처음 8년은 바다 근처 아파트에서, 1967년부터는 단독주택에서, 1994년부터 돌아가실 때까지는 이 아파트에서 살았다. 내가 앉아 있는 이곳에서 타키코 씨는 1년 전에 돌아가셨다.

나는 키미코 씨가 내온 차를 마시며 한숨 돌린 뒤 노트북을 열었다. 타키코 씨의 남동생 마모루 씨가 보낸 비디오 메시지를 보여드리기 위해서였다. 처음에는 무슨 상황인지 몰랐던 키미코 씨가 화면에 마모루 씨 영상이 나오자 다른 곳에 있는 아들 광민 씨를 불렀다.

"광민아, 같이 보자. 이리 와봐."

나는 일시 정지되어 있던 마모루 씨 영상을 틀었다.

"정말로 누나를 잘 돌봐줘서, 효도를 해줘서 고맙다……."

마모루 씨가 카메라를 통해 이쪽을 보고 이야기를 시작하자 키미코 씨의 눈가에 눈물이 흘러넘쳤다. 외삼촌이 움직이는 모습을 보는 건 56년 만이었다. 손수건으로 눈물을 닦았다. 옆에 앉은 광민 씨도 눈물이 고인 채 화면을 보았다. 어머니와 할머니의 일본어 대화를 들으며 자란 광민 씨는 일본말을 하지는 못해도 대충 이해는 할 수 있었다. 마모루 씨는 말을 이어나갔다.

"앞으로도 네가 공양을 해줘야 하니까, 오래오래 누이를 돌봐주길 바란다. 다시 만날 날을 기쁘게 기다리고 있겠지만, 외삼

미야자키에 사는 외삼촌 마모루 씨가 만든
목걸이를 한 키미코 씨와 아들 광민 씨.
(2018년 6월, 원산)

촌도 이달에 여든여섯이 되었어. 취미도 있고 열심히 살고 있다. 이것저것 만들기도 하고 노래도 부르고 열심히 애쓰고 있어. 건강검진을 받았는데 이상 없음. 백 살까지 살 생각이다. 그때까지는 14, 15년 남았으니까. 아직 괜찮아. 어서 가서 너희들을 만나고 싶은 마음만은 굴뚝같구나. 진심으로 평화가 오기를 기다리고 있으마."

화면을 바라보며 키미코 씨는 입가를 막고 눈물을 삼켰다. 고개를 끄덕이기도 하고 가끔 웃음 짓기도 하면서 조용히 화면을 보며 이야기를 들었다.

"아, 외삼촌. 많이 늙으셨네."

네 살 때, 기모노를 입은 어머니 타키코 씨와 함께 키미코 씨는 마모루 씨의 결혼식에 다녀왔다고 했다. 그날 검은 예복을 입은 타키코 씨는 초대 손님 좌석을 돌며 인사를 하고 술을 따랐다. 어린 키미코 씨는 그 옆에 붙어서 놀다가 외삼촌에게 혼이 났다. 돌아가는 길에 들른 공원에서 기모노를 입은 채 힘껏 그네를 굴렸다.

나는 마모루 씨가 전해달라고 준 수제 조개껍데기 목걸이를 키미코 씨에게 건넸다.

"외삼촌 고마워요, 정말로 고맙습니다. 마음을 다해 만들어주셔서."

그녀는 오른손 위에 조개껍데기 목걸이를 올리고 정성껏 어루만졌다.

"할머니가……."

광민 씨가 목걸이를 가리키며 키미코 씨에게 조용히 조선말을 했다.

"그래, 할머니가 살아계셨으면 좋아하셨겠지. 이걸 보셨더라면 얼마나 좋았을까."

"타키코 씨는 어떤 할머니였나요?"

나는 옆에 앉은 광민 씨에게 물어봤다. 한동안 고개를 숙이고 무슨 말을 할까 고민하는 분위기였다. 침묵이 길어져 키미코 씨가 대신 대답하려는 찰나, "할머니는 저를 정말로 귀여워해주셨습니다. 어렸을 때부터……"라고 광민 씨가 입을 뗐다. 그러면서 상냥했던 할머니를 떠올리며 슬픔을 참으려는 듯이 이를 꽉 깨물었다.

모유가 나오지 않던 키미코 씨를 대신해 타키코 씨가 자주 광민 씨를 돌보며 귀여워했다고 한다. 광민 씨도 타키코 씨가 돌아가시기 전, 저녁에 직장에서 돌아오면 뜨거운 물에 담가둔 수건을 짜서 할머니 몸을 닦아드렸다. 키미코 씨가 하려고 하면 힘이 너무 세다며 할머니가 싫어했다. 피아노 전공자인 광민 씨의 손놀림이 무척 섬세하고 부드러웠기에 상냥하게 마사지를 해드리면 할머니는 기분이 좋아져서 곧장 잠이 드셨다고 한다.

키미코 씨는 일본 소학교에 다닐 무렵, 조례 시간에 선생님이 오르간을 연주하는 모습을 보면서 언젠가 피아니스트가 되고 싶다는 꿈을 꾸었다. 결국 자신은 피아노 공부를 할 수 없었지만, 아들에게만큼은 반드시 피아노를 배우게 하고 싶다는 생각에 어렸을 때부터 음악 공부를 시켰다. 광민 씨는 원산예술학원을 졸업하고 지금은 작곡가로서 극장에서 일한다. 주로 민족관현악 작곡과 편곡을 하고 있다. 처음 만났을 때부터 할머니 타키코 씨와 어머니 키미코 씨를 대하는 모습을 보며 가족을 생각하는 마음이 강한 남성이라는 인상을 받았다. 일본인 할머니, 일본에서 태어난 부모님과 함께 이곳 원산에서 태어나 자란 광민 씨는 일본을 직접적으로 알지는 못한다.

"과거 일본의 역사와 식민지 시대가 어떠했는지 저도 교육을 받아왔기 때문에 일본에 대한 제 감정은 다른 조선인들과 같습니다. 하지만 국가의 정치와 개인은 다릅니다. 제 할머니는 일본인이고, 어머니도 일본 태생입니다. 일본인이라는 사실과는 상관없이 할머니는 할머니고, 무엇과도 바꿀 수 없는 저의 소중한 가족입니다."

마음의 상처

역사의 소용돌이 속에서 살아온 타키코 씨는 가족이 임종을 지켜보는 가운데 안락하게 왕생했다. 키미코 씨가 별생각 없이 내게 한 말이 쭉 가슴에 남아 떠나지 않는다.

"당신이 이렇게 엄마에게 옛일을 묻잖아요. 그러면 약간 신경에 자극을 받으세요. 옛일을 기억하면 마음이 아프니까요. 몸도 연약해지셨고. 신체가 아기 같아요. 그래서 가엾습니다."

자택에서 숨을 거둔 타키코 씨.
(2016년 8월, 원산)

타키코 씨가 돌아가시기 3주 전 취재를 했을 때다. 고향에 잠깐 들르셨을 때, 어머니 시나오 씨의 무덤 앞에서 무슨 말씀을 하셨느냐는 질문을 했다. 타키코 씨는 목소리가 나오지 않아서 키미코 씨가 대신 대답해주었다.

타키코 씨가 이 나라로 건너온 것은 상당히 오래전의 일이다. 그래도 그녀들에게 일본에서의 추억이나 가족과의 이별은 잊지 못할 특별한 기억이다. 일본인으로 일본에서 살아온 과거와 조선민주주의인민공화국의 공민으로서 존재하는 현재의 자신. 시대와 정치에 휘둘리며 살아온 인생. 그런 인생의 마지막 단계에 갑자기 일본인인 내가 나타나서 작은 몸 안에 쭉 안고 살아온 '아픔'을 자극해버렸는지도 모른다. 그것은 다른 일본인 아내들의 취재에서도 똑같았으리라.

타키코 씨는 내가 신사에서 사 온 '건강 염원' 부적을 돌아가실 때까지 쭉 품 안에 소중히 넣어 두셨다고 한다. 지금은 유골함 뒤에 잘 놓여 있다.

"하지만요, 엄마가 살아계시는 동안 당신이 오고 갔던 게 조금 늦었어요. 외삼촌도 이렇게 조개껍데기 목걸이를 보내주셨는데."

내가 반년만 빨리 타키코 씨를 만났더라면 남동생 마모루 씨의 비디오 메시지도 수제 목걸이도 타키코 씨에게 직접 전할 수 있었으리라.

"얼른 '국교 정상화' 해서 이쪽저쪽을 오갈 수 있으면 좋을 텐데, 이거 일본어로 뭐라고 하죠?"

"곳코세이조카国交正常化……."

내가 대답했다. 헤어질 때, 키미코 씨는 직접 손으로 뜬 초록 목도리를 마모루 씨에게, 빨간 목도리와 모자를 내게 선물했다.

"이렇게 해서."

그녀는 내 목에 목도리를 감아주고 머리에 모자를 씌워줬다.

"엄마가 생전에 쓰던 모자의 털실을 이용해서 짠 거예요. 전해줄 수 있기를 한참 전부터 기다렸습니다."

얼핏 눈물을 보이며 웃었다. 타키코 씨가 일본에 잠시 돌아왔을 때, 재봉과 수예가 취미인 키미코 씨를 위해 선물로 산 뜨개질 도구를 이용해 짠 물건이었다. 두 손으로 한동안 쥐고 있으려니, 타키코 씨 인생의 온기가 시대와 국경을 넘어 내 몸에 스미는 기분이 들었다.

2장

긴박한
상황 아래서

'화성-14' 핵실험의 해에

스물세 시간의 여행

오후 5시 27분, 베이징역에서 올라탄 K27차 국제열차가 서서히 플랫폼을 빠져나가기 시작했다. 차량 통로에 마련된 의자에 앉아 차창 밖으로 어둠이 내리기 전에 마을 사진을 찍는데, 조금 떨어진 곳에서 밖을 바라보던 갈색 셔츠 차림의 남자와 눈이 마주쳤다. 얼굴이 약간 그을린 그 남성은 웃으며 가볍게 인사를 했다.

2017년 여름, 나는 베이징역에서 평양역으로 가는 침대열차에 탑승했다. 소요 시간은 약 스물세 시간. 거리로는 약 1,360킬로미터. 기나긴 여정이 막 시작되는 참이었다. 내가 탄 13호차 이등침대차는 2층 침대가 두 개씩 설치된 4인실이 한 차량 안에 여러 개 있었다. 베이징역에서 중국-조선 국경이 있는 단둥시까지 약 열네 시간 동안은 4인실에 나 혼자. 당분간은 편안히 쉴 수 있을 듯했다. 침대를 대신하는 좌석은 몸집이 작은 내가 다리를 쭉 펴고 누워도 충분한 넓이였다. 담요와 베개, 시트가 준비돼 있었다. 베이징에서 평양까지 가는 승객은 같은 차량에 탄 6명뿐. 나 말고 5명은 모두 조선 사람이었다. 중국 내에서 내리는 승객은 다른 차량에 있었다.

평양-베이징 사이를 오가는
국제침대열차 안에서 식사하는 승객.
(2017년 9월, 신의주)

하늘이 완전히 검푸르게 변한 저녁 8시께, 아까 눈이 마주친 남자가 말을 걸었다.

"어디서 오셨습니까? 혼자서 평양까지 가십니까?"

남성의 이름은 위 씨. 더듬더듬하긴 해도 의사소통에는 문제가 없는 영어 실력이었다.

"저는 일본인입니다. 혼자서 평양까지 여행합니다."

"일본인, 그것도 혼자서 평양에? 놀랍습니다."

그러더니 지금부터 다 같이 밥을 먹는다며 나를 저녁 식사에 초대했다. 내 방에서 세 칸 떨어진 객실을 들여다보니, 위 씨의 동료들이 상자에서 김치와 삶은 달걀, 쌀밥 등이 담긴 5인분 도시락과 김밥, 계란말이 등이 담긴 용기를 꺼내고 있었다. 텅 빈 상자를 뒤집어 테이블 대신으로 삼고 그 위에 음식을 올렸다. 정원 4인인 침대칸에 나를 포함해 총 여섯이 모였다.

"배고프죠? 사양하지 말고 드세요."

위 씨는 말을 건네며 내게 나무젓가락과 종이 접시를 건넸다. 그들은 이미 양복을 벗고 흰 셔츠와 반바지 차림으로 편안하게 쉬고 있었다. 베이징에서 평양까지의 스물세 시간은 일본어나 영어가 가능한 전문 가이드나 안내인이 붙지 않는다. 어디까지 대화를 이어갈 수 있을지 알 수 없었지만, 혼자 방에 갇혀 베이징에서 산 샌드위치를 먹으며 졸리지도 않는데 눈을 감고 하루를 끝내기보다는 이 친절한 승객들과 함께 있는 편이 훨씬 더 충실한 시간을 보낼 수 있으리라고 생각했다.

그들은 모두 서아프리카에서 일을 마치고 귀국하는 중이라고 했다. 위 씨는 의사로 나이지리아에서, 다른 넷은 노동자로 기니에서 몇 해 동안 각각 활동했다.

"정말로 덥고 말라리아 같은 전염병도 만연해서 솔직히 생활하기에는 힘든 지역이었습니다. 그래도 아프리카 사람들은 정말로 친절했어요. 피부색 같은 건 아무 상관 없는 거라고 마음 깊이 깨달았습니다."

위 씨는 이렇게 말하며 오른손으로 왼쪽 팔 피부를 가리켰다. 만나기 쉽지 않은 일본인에게 흥미를 보이는 그들에게 나는 물어보았다.

"일본에 대해 그리고 일본인에 대해, 어떤 인상을 갖고 계신가요?"

이 나라 사람들이 지닌 일본에 대한 인상은 결코 좋지 않다. 좋지 않은 정도가 아니라 최악이다. 1910년부터 1945년까지의 일본 식민지 시대 역사는 어렸을 때부터 철저히 교육을 받는다. '일제 만행'을 자세히 알리는 사진과 기사가 곳곳의 박물관에 전시되어 있다. 그들도 박물관을 여러 번 찾아가며 반일감정을 키웠으리라. 내 질문에 난처한 듯이 조금 웃더니 그중 한 사람이 대답했다.

"과거 역사도 있으니 일본에 대해 좋은 인상을 가진 조선인은 없습니다."

그러면서 나를 똑바로 쳐다보며 말을 이었다.

"그래도 지금 일본 사람들에게 나쁜 감정은 없습니다. 과거는 과거고, 앞으로 어떻게 사이좋게 지낼까를 고민하는 게 중요하다고 개인적으로 생각합니다."

그는 한숨을 내쉬며 내가 들고 있는 종이컵에 커피를 따랐다. 그 뒤로는 사소한 이야기들로 열을 올리다 시계를 보니 어느새 밤 10시가 되어 있었다. 나는 전날 일본에서 온 터라 피곤이 쌓여 있었다.

"자, 이제 슬슬 잘 시간이네."

누군가가 입을 열었다. 나는 방으로 돌아와 수건과 칫솔을 들고 차량 제일 안쪽에 있는 세면대로 향했다. 그리고 다시 방으로 돌아와 그대로 푹 잠이 들었다.

여덟 번째 입국

이튿날 아침, 창으로 쏟아지는 햇살에 잠에서 깼다. 오전 6시. 커튼을 열고 밖을 보니 중국 어느 시골 마을 풍경이 펼쳐졌다. 지난밤 승객들과 나눈 대화를 잊지 않으려고 수첩에 적었다. 오전 7시가 지나자 고층빌딩이 하나둘 보이기 시작했다. 곧 붉은 벽돌 벽이 시야에 들어오더니 천천히 속도를 줄이며 중국 국경 도시 단둥에 도착했다. 우리 여섯은 일단 짐을 모두 꺼내 역 구내에서 출국 수속과 세관 검사를 받고 다시 열차에 올랐다. 단둥에서 승객이 많이 타서 열차 안이 북적거렸다. 조선인이 70퍼센트, 중국인이 30퍼센트 정도일까. 승객 수가 늘어서 차량이 여러 대 더 이어졌다. 이때부터 두 사람의 조선인 남성과 같은 방을 쓰게 되었다.

눈앞에 보이는 국경인 압록강에 조중우의교가 걸려 있었다. 잠시 후 열차는 덜컹덜컹 육중한 소리를 내며 천천히 철교를 건너기 시작했다. 객실 복도에 선 중국인 승객들이 스마트폰으로 정신없이 바깥 풍경을 촬영했다. 강 건너로 건설 중인 아파트 단지와 굴뚝 세 개에서 연기가 뿜어 나오는 공장이 보였고 그 너머에 산이 있었다. 열차가 달리는 조중우의교 옆에 걸린 압록강 단교는 6·25전쟁 때 파괴된 다리로, 강 중간 부분부터 끝이 완전히 사라지고 없었다. 길이 약 946미터의 교각을 건너 신의주에 도착했다. 다리를 건너는 데 10분도 채 걸리지 않았다.

신의주 플랫폼에 걸린 김일성 주석과 김정일 총서기의 거대한 초상화를 창문 너머로 본 순간 '아, 입국했구나' 실감이 나면서 나도 모르게 심장이 조여 오는 긴장감을 느꼈다. 수하물 검사가 끝나고 열차는 천천히 평양을 향해 나아갔다. 같은 방 남성이 나눠준 비닐봉지에 가득 든 쫘리라는 노란 과일을 간간이 먹으며 차창 밖 풍경을 바라보았다.

점심이 되자 옆방에서는 4명의 남성이 식사를 했다. 우연히 방 앞을 지나다 머리가 하얗게 센 조선인 남성과 눈이 마주쳤다. 그러자 남성은 유창한 영어로 "Are you from Japan(일본에서 왔습니까)?" 하고 물었다. 스포츠업계 종사자로 10년 이상 유럽에서 살고 있다는 이 씨는 평양과 유럽을 종종 오간다고 했다. 수하물 검사 때, 검사관이 하는 말을 듣고 옆방의 내가 일본인임을 알았다고.

"Yes, I am from Japan(네, 일본에서 왔습니다)"이라고 대답하자 곧 "You are very welcome(환영합니다)"이라고 말했다. 그 사람은 자녀가 유럽에서 자라고 있어서 페이스북 같은 소셜미디어도 당연히 쓴다고 했다. 이 씨 맞은편에 앉아 있는 활발한 남성이 "같이 한잔합시다"라며 나를 초대했다. 나는 그들 방 입구 근처 의자에 앉아 마른 명태 안주에 맥주를 마셨다. 맞은편에 앉은 이 씨는 찢은 명태를 작은 종지에 담긴 간장에 듬뿍 찍어 먹는 나를 한참 신기하다는 듯이 바라보더니 물었다.

"해외 미디어 보도를 보고 조선에 혼자 오는 게 무섭다는 생각은 안 하셨습니까?"

오랜 기간 유럽에 산 이 씨는 각국의 미디어가 이 나라를 어떻게 보도하는지 잘 알고 있었다. 이렇게 직설적인 질문을 받으리라곤 생각지도 못했기에 순간 당황했다.

"조선 방문은 이번이 여덟 번째입니다. 100퍼센트 안전이 보장되는 나라는 세계 어디에도 없으니까요."

이 씨는 빙긋이 웃었다. 창밖으로 한동안 옥수수밭이 이어졌다. 종종 지나가던 농촌의 아이들이 이쪽으로 손을 흔들었다. 한 무리 염소를 끌고 잔디밭 위에서 휴식을 취하는 남자, 강에서 빨래하는 아낙, 기르는 강아지를 쓰다듬으며 흙바닥에 웅크리고 앉아 생각에 잠긴 남자. 신의주에서 평양까지 가는 풍경을

옥수수밭에서 작업하는 농가 사람들.
(2017년 8월, 신의주)

눈에 잘 새겨두려고 승객들과 이야기할 때 빼고는 줄곧 바깥만 바라보았다.

"곤니치와(안녕하세요)!"

객실 밖 통로에 마련된 의자에 앉아 풍경을 바라보는데, 돌연 일본어로 말을 거는 사람이 있었다. 비즈니스맨 김 씨였다. 한 달에 닷새 정도는 중국을 방문해 건설자재를 다루는 무역 일을 한다고 했다. 하지만 경제 제재로 중국으로부터 수출이 어렵게 되었다고 했다. 평양외국어대학에서 영어를 전공했고 부전공이 일본어라고 했지만, 졸업 후 일본어를 쓸 기회가 없어 거의 다 잊어버렸다고. "아리가또 고자이마스(고맙습니다)" 같은 기억나는 일본어를 부끄러운 듯 해보이더니 "일본 사람을 만날 기회가 오다니! 일본어를 기억해둘 걸 그랬네"라고 영어로 말했다.

이날 저녁에 평양역에 도착할 예정이었지만, 이틀 전 폭우 때문에 평양역으로 들어가는 길에 걸린 교각이 피해를 입었다기에 하는 수 없이 순안역에서 하차했다. 승무원의 정식 안내방송이 없었음에도 승객들 사이에는 도착 두 시간쯤 전부터 그런 소문이 돌았다.

"평양에서 절 기다릴 안내인들이 그 정보를 알고 있을까요?"

김 씨에게 영어로 물으니 "걱정 마십시오. 분명히 전해졌을 겁니다. 혹시 아무도 없으면 숙박하시는 호텔까지 제가 택시로 모셔다드리겠습니다. 어차피 저도 시내로 가야 하니까요"라고 말했다. 해가 지기 직전에 도착한 순안역은 선로 한가운데 플랫폼이 오도카니 놓인 작은 역이었다. 현지 안내인 두 사람이 역에서 나를 기다리고 있었다.

"평소 이 역에 외국인이 내리는 일은 없습니다. 귀중한 경험을 하시네요."

한 안내인이 말했다. 승객 전원이 순안역에 내려 그들을 데리러 온 차를 타고 각지로 흩어졌다. 평양 시내까지는 차로 약 30분. 정신을 차려보니 밖은 온통 캄캄했다.

긴박했던 2017년

내가 처음 이 나라를 찾은 건 일본에 거점을 둔 NGO 활동에 동행한 2013년 여름이었다. 그해 3월 열린 조선노동당 중앙위원회 전체회의는 "미국의 핵 위협에 노출된 지금 조선은 핵무기를 질적·양적으로 강화할 수밖에 없다"라고 선언했다. '경제 건설'과 '핵무기 건설'을 병행하는 노선이 조선중앙통신을 통해 발표되었다.

나는 2014년, 2015년, 2016년 북한을 방문했는데 한반도 정세와 한일 관계는 늘 긴장 상태였다. 그것이 최고조에 이른 것이 2017년이었다. 2017년 '신년의 서'에서 김정은 위원장은 대륙간탄도미사일 발사실험 준비가 최종단계에 진입했다고 발표해 세계의 시선을 끌었다. 동시에 남북 관계 개선과 조선 민족 단결을 호소했다. 그해 1월 20일 취임한 트럼프 미국 대통령은 "과거 25년간 역대 대통령이 취해온 북한 핵문제에 대한 정책은 실패

했다"라며 군사행동을 불사하는 강경한 자세를 취했다. 4월에는 핵추진 항공모함 칼빈슨을 한반도 근해에 파견해 전쟁 위기설이 불거지기도 했다. 이 시기 잇달아 미사일이 발사되는 등 정세가 긴박해졌다.

개성 고려인삼 농가

2017년 7월 28일, 나는 남부 도시 개성을 찾았다. 근처에는 6·25전쟁 휴전협정이 체결된 판문점이 있고, 세계문화유산으로 등록된 개성남대문과 궁궐터 만월대를 비롯해 고려시대 사찰 등 역사 유산이 많아서 외국인 관광객이 투어로 꼭 들르는 지역이다. 내가 3년 만에 개성을 찾은 이유는 근교에서 고려인삼을 기르는 마을 사람을 취재하기 위해서였다. 이전에 독일 잡지사 일로 한국 고려인삼 농장을 촬영한 적이 있다. 그때 농가 여성에게서 "분단되기 전에는 개성에서 고려인삼을 길렀습니다. 토질과 기후가 가장 적합했습니다"라는 말을 들었던 터라 개성 농장 촬영과 취재를 기획했다.

평양에서 차로 약 세 시간, 개성 시내를 지나 당도한 곳은 남북 군사경계선 근처 밭이었다. 부지 내에 2층 건물이 있어 수확 후 품질을 확인하는 여성들을 유리창 너머로 견학했다. 이어 농가 사람들을 촬영하려고 건물 밖으로 나왔다. 그러나 실제로 밭에서 일하는 사람들 모습이 보이지 않았다. 내 눈앞에 있는 건 아까 건물을 안내해준 양복 차림의 책임자 남성 둘뿐이었다. 이

두 남성을 촬영해도 됐지만 내가 취재하고 싶은 건 실제 밭에서 일상적으로 작업하는 사람들이었다. 어떻게 고려인삼을 키우고, 한국과 가까운 이곳에서 어떤 기분으로 사는지 궁금했다.

나는 그 자리에 서서 한동안 아무 말도 하지 않았다. 평양에서 함께 여기까지 온 안내인들은 이제껏 여러 번 함께 취재하러 온 사람들이다. 나의 무리한 요구에도 도움을 준 적이 여러 번 있었다. 그들이 최선을 다해 나를 공장까지 안내해주었음을 알기에 이 상황을 받아들여야만 했다.

"평소 밭에서 고려인삼을 키우는 분들을 취재하고 싶었습니다. 만약 오늘 그런 분들이 없다면 사진을 찍지 않고 평양으로 돌아가 내년에 다시 오겠습니다."

'내년에 다시'라고 입 밖으로 뱉기는 했지만 정말로 아쉬웠다. 온전히 내 시간을 조정해 취재할 수 있는 환경이라면 몇 시간이고 버티고 앉아 농가 사람들이 나올 때까지 한없이 기다렸으리라. 하지만 그건 불가능했다. 당황해선 안 된다, 여태 몇 차례나 그렇게 나 자신을 타이르며 취재를 계속해왔다. 이번에도 그렇게 나를 설득시켰다. 두 안내인은 내 심정을 이해하는 듯했다. 둘 다 조금 복잡한 표정으로 한참 말이 없더니 한 사람이 현장 책임자를 데려와 나와 5미터 정도 떨어진 곳에서 이야기를 나눴다. 그들이 무슨 말을 하는지는 알지 못했지만 잠시 후 돌아와 "다른 농장으로 이동합시다"라고 말했다.

"고려인삼 밭은 여기저기 있으니 다른 곳에 가면 농가가 있을

지도 모릅니다."

우리는 걸어갈 수 있는 거리의 다른 밭으로 갔다. 이 밭에는 키가 3미터쯤 되는 커다란 해바라기가 곳곳에 피어 있었다. 짚으로 만든 내 어깨높이 정도 되는 차양이 직사광선과 바람으로부터 밭을 지켜주고 있었다. 밭 안쪽에서 고령의 남성이 작업하는 모습이 살짝 보였다. 분명 어쩌다 이곳에서 작업을 하고 있었을 남성이었다. 나는 곧장 달려가 말을 걸었다.

"안녕하세요."

남자는 깜짝 놀란 듯이 이쪽을 돌아보았지만, 갑작스러운 방문자임에도 불구하고 금세 쾌활한 표정으로 바뀌었다. 보드라운 옅은 갈색 모자에 헐렁한 남색 복장 차림이었다. 그저 인사를 나누었을 뿐인데도 어딘지 모르게 친근감이 느껴지는 소박한 남성이었다.

남성의 이름은 김재상 씨. 1938년 개성에서 태어났다. 여기서 걸어서 20분가량 걸리는 집에서 산다고 했다. 김 씨가 작업하다 종종 휴식을 취하는 단풍나무 아래 낡은 의자에 앉아 이야기를 듣기로 했다. 근처에는 작은 콩밭도 있었다.

"부모님도 농가에서 고려인삼과 채소를 키우셨습니다. 키우는 방법, 씨앗을 뿌리고 수확할 때까지의 모든 걸 아버지에게서 배웠습니다. 씨앗 상태부터 잘 관찰하지 않으면 질 좋은 고려인삼을 키울 수 없습니다. 수확일은 대략 매년 7월 20일입니다. 처음엔 높은 온도에서, 다음엔 저온에서 씨앗을 보존할 필요가 있어

우선은 여름의 대지에 묻었다가 그대로 겨울까지 넣어둡니다. 이듬해 4월 10일께 씨앗을 꺼내 재배할 장소에 뿌립니다."

짚으로 만든 차양은 전통적인 방법으로 통풍이 잘된다. 매일 아침 5시쯤 일어나 아침을 먹고 걸어서 밭으로 온다고 한다. 7시에는 작업을 시작해 틈틈이 휴식을 취하며 저녁까지 일한다.

"6·25전쟁 때 집이 불타고 마을 대부분이 파괴되었지만, 저는 산으로 도망쳐서 무사할 수 있었습니다. 스물두 살에 결혼했습니다. 집에서 식을 올렸지요. 아내는 흰색과 남색 한복을 입고 저는 양복을 입었습니다."

평화로운 밭에서 김 씨와 이야기를 나누고 있으니, 한국과의 경계선이 바로 앞이고 이곳이 긴장 상태에 있는 군사경계선 근처라는 사실을 잊어버릴 것만 같았다.

"지금 미국과 한국 군대가 합동으로 군사훈련을 하는데, 이 지역에 살면서 위협을 느끼는 일은 없으셨나요?"

"별로 없습니다. 하지만 남북이 언제쯤 통일이 될까 하는 생각은, 여기 앉아서 종종 합니다. 저의 일상은 그저 이렇게 쭉 이어지고 있습니다."

김 씨는 짚에 손을 얹고 렌즈를 바라보며 서 있는 모습이 무척이나 침착했다. 싫은 내색 하나 하지 않고 마지막까지 따라주었다. 취재가 끝나고 나를 배웅할 때, 연갈색 모자 끝을 오른손으로 가볍게 올리며 웃는 얼굴로 인사하고는 다시 밭으로 돌아갔다. 나는 "예정에 없는 취재를 하게 해주셔서 시간이 상당히

개성 군사경계선 인근
고려인삼 농장에서 일하는 김재상 씨.
(2017년 7월, 개성)

지체되었네요. 고맙습니다"라고 현지 책임자 남성에게 인사했다. 책임자 남성은 "아니요, 아닙니다, 저분이 부탁을 하셔서요"라며 안내인 남성을 가볍게 가리켰다.

이 나라는 마음먹은 대로 취재를 하는 게 불가능한 곳이 많다. 그런 까닭에 우선은 주어진 상황을 받아들이고 그 안에서 나 자신의 시점을 어떻게 유지하며 실전에 돌입할지를 늘 생각해왔다. 내가 얼마나 사진을 찍고 싶은지는 안내인들도 잘 알았다. 사진가로서 이 땅을 찾으면서도 사진을 거의 찍지 못하고 일본으로 귀국한 적이 여러 번 있었다.

안내인은 그런 나를 몇 년이고 봐왔다. 내가 "오늘은 촬영하지 않고 평양으로 돌아가겠습니다"라고 했을 때 "알겠습니다, 돌아갑시다" 혹은 "이곳 책임자 사진이라도 찍고 가십시오"라고 했다면 훨씬 편했을 일이다. 일을 사서 하는 꼴일 테니까. 하지만 그날처럼 안내인이 내가 원하는 취재가 이루어지도록 중간에서 교섭을 해주는 일이 몇 번이나 있었다. 내가 처음 이 나라에 왔을 때는 불가능했던 장소에서의 촬영도 몇 년인가 지났을 때는 당연하다는 듯이 촬영할 수 있기도 했다.

예정 시간을 꽤나 넘긴 저녁 무렵, 평양으로 돌아가기 위해 차에 올랐다. 자동차가 어스름한 개성 시내로 들어섰을 때, 옆에 앉은 안내인 남성에게 다시금 말했다.

"정말로 감사했습니다."

나는 이 짧은 말로 감사의 뜻을 전했다. 그는 "잘됐네요"라며 대답하고는 더 이상 아무 말도 하지 않았지만 눈가에는 웃음을 띠었다.

두 번째 대륙간탄도미사일

그날 밤, 대륙간탄도미사일 '화성-14'의 두 번째 발사실험이 있었다. 알게 된 건 이튿날 저녁. 머물던 호텔 카페에서 별생각 없이 텔레비전을 보고 있을 때였다. 김정은 위원장이 현지에서 지휘하는 모습, 대륙간탄도미사일이 화염을 뿜으며 똑바르게 밤하늘로 날아가는 장면이 여러 각도로 화면에 비쳤다.

이틀 후인 7월 31일, 나는 평양의 산부인과를 찾았다. 입구에는 노란 택시가 여러 대 서 있었다. 그날은 아이를 갓 출산한 여성의 이야기를 듣기 위해 산부인과로 갔다. 1980년 개원한 이 병원에서 30년간 일했다는 의사는 7월 4일 첫 번째 화성-14 발사실험이 있고 난 뒤 남자아이에게 '화성'이라는 이름을 지어주는 부모가 늘었다고 했다. 내가 물었다.

"어째서 화성이란 이름을 붙여준다고 생각하십니까?"

의사는 대답했다.

"아이가 컸을 땐 평화가 찾아오기를 바라는 마음에서입니다."

평양에 사는 일본인 아내

옛사람들은 한반도와 일본의 관계를 순치보거脣齒輔車라 불렀다고 한다. 입술과 치아처럼 관계가 밀접해서 서로 돕지 않으면

주체사상탑 전망대에서
내려다본 평양 시내.
(2017년 8월, 평양)

안 될 사이라는 뜻이다. 도요토미 히데요시에 의한 조선 침략 등 어느 시기 그 관계가 무너진 적도 있었지만, 에도시대에는 조선사절단이 일본을 방문해 문화와 학문의 교류도 이루어졌다. 하지만 메이지시대 '정한론', 1910년 한국합병에 의해 이 관계가 완전히 무너졌다. 그리고 1945년 일본 패전으로부터 3년 뒤 냉전으로 인해 분단된 한반도 북측에 조선민주주의인민공화국이 탄생했다.

일본인이 지금 이 나라를 바라볼 때 그 시선의 끝에는 일정하게 고정된 나라의 이미지가 상을 맺는다. 일본인을 납치한 '기분 나쁜' 나라. 대륙간탄도미사일을 쏘아 올리고 핵실험을 반복하는 나라. 이 나라 이미지의 원천은 이 나라가 탄생한 이후, 특히 2000년대 이후 미디어 보도의 영향이 압도적이다. 한편 일찍이 식민지 시대의 기억은 잊히고 있다.

평양 중심부를 흐르는 대동강 바로 앞 높이 170미터의 주체사상탑. 1982년 김일성 주석 탄생 70주년 기념으로 세워진 석탑 위에서는 평양 시내를 훤히 내려다볼 수 있다. 식민지 시대 평양에 살던 한 일본인 남성은 당시 이 아래로 흐르던 대동강에서 종종 바지락을 캐던 일을 그리운 듯이 말해주었다.

강 너머 언덕에는 김일성광장이 있다. 북쪽 만수대 언덕에는 김일성 주석과 김정일 총서기의 동상이 있다. 일본 텔레비전에 종종 등장하는 장소다. 그 측면에는 오래전 일본인이 지은 평양신사가 남아 있다. 오늘날 군사 퍼레이드가 열리는 김일성광장

주변에는 75년 전 일본인 마을이 있었고, 일본인 아이들이 다니는 학교와 우체국이 있었다.

당시에는 김일성광장 중앙으로 이어지는 '승리길' 주변에 일본인 마을 '대화정(다이와초)'이 있었고 그 중심에 '대화정길(다이와초도오리)'이라는 아카시아 가로수길이 있었다. 노면전차가 달리고 벽돌로 지어진 조선상업은행이나 사진관, 포목점 등이 자리한 상점가가 늘어서 있었다. 1923년 발생한 평양 대홍수로 대화정길이 완전히 물에 잠긴 옛날 사진을 본 적이 있다. 승리길 길가 호텔에 묵을 때마다 창밖 풍경을 바라보며 이 거리의 옛 모습과 그때 여기 살던 사람들의 모습을 상상하곤 한다.

"제가 태어난 집 근처 역은 마바시(도쿄 스기나미)입니다. 추오선을 타고 가면 고엔지역에서 내렸어요. 제 이름 메구미惠美는 한자로 축복받은 아름다움이라는 뜻인데, 이름값을 못 했어요. 하하하."

이렇게 순진무구하게 웃는 호리코시 메구미 씨를 맨 처음 찾아간 건 2016년 봄이었다. 메구미 씨는 승리길 길가 26층짜리 아파트에 살고 있었다. 뒷문으로 들어가 엘리베이터를 타니 그 안에서 의자에 앉아 대기하던 중년 여성이 메구미 씨가 사는 25층 버튼을 눌러주었다.

"잘 오셨습니다."

나를 맞아준 메구미 씨는 달변가였다. 침대가 놓인 4평쯤 되는 방 창문에서 내가 머무는 호텔을 내려다보니 무척 작아 보였

평양에 사는 일본인 아내 메구미 씨.
(2017년 4월, 평양)

다. 쭉 평양에 살면서 세 번 이사했고 이곳에는 1997년부터 살고 있다고 했다.

"정말 경치가 좋네요."

"맞아요. 축제 때 불꽃놀이를 하거나 젊은 사람들이 춤을 출 때, 여기서도 잘 보입니다. 밑에까지 내려가지 않아도 되니 편하답니다."

메구미 씨는 1934년 9월 18일 고등학교와 대학교에서 국문학을 가르치던 아버지 마츠타로와 어머니 시즈의 장녀로 도쿄에서 태어났다. 남동생이 셋 있다고. 어릴 때 근처 절에서 친구와 놀던 기억을 그리워했다. 고등학교를 졸업한 뒤 열여덟 살 때 신바시에 있는 미용정형외과에서 접수 일을 시작했다.

"쌍꺼풀 수술을 하거나 여성의 가슴을 크게 부풀리거나 피부의 주름을 제거하는 곳이었어요. 여성들이 많이 왔었답니다."

남편 송순식 씨를 만난 건 일을 시작하고 1년 후. 순식 씨는 메구미 씨 집 근처에서 하숙했다.

"종종 직장 가는 제 뒤를 말없이 쫓아왔어요. 그게 몇 개월이나 이어지더니 신바시의 병원 앞까지 와 있더라고요. 그러던 어느 날 '같이 집에 갈까요?'라고 말을 걸더군요."

"메구미 씨에게 첫눈에 반해 따라왔다는 거네요?"

"그래요, 늘 따라왔어요."

사귀기 시작했을 때는 재일조선인인 줄 몰랐지만 결혼 이야기가 나오면서 메구미 씨에게 고백했다고 한다.

"처음엔 놀랐죠. 남편은 전라남도 목포 출신입니다. 구릿빛 피부에 인정이 많은 사람이었습니다. 어릴 때 공부를 하고 싶어도 집안이 가난해서 할 수 없었대요. 그래서 열다섯 살에 밀항선을 타고 혼자 일본에 왔다는데, 좀처럼 학교에도 갈 수 없고 먹고 사는 것도 힘들었다고 해요. 남편이 얼마나 고생했는지는 잘 알아요. 막 사귈 무렵엔 일본말을 너무 잘해서 조선 사람인 줄은 꿈에도 몰랐어요. 그만큼 열심히 일본어 공부를 한 거겠지요. 어느 때는 파칭코 가게에서 일하고 어느 때는 운전사로 일하는 등 직업도 자주 바뀌었습니다. 조선 사람들은 일본에서 살기가 정말로 힘들었어요."

남편은 메구미 씨보다 열한 살 위. 부모님은 조선인 남성과의 결혼을 반대했다.

"아버지는 '집을 원하면 집을 주겠소, 돈을 원하면 돈을 주겠소, 하지만 딸은 줄 수 없소'라고 말했습니다."

결국 메구미 씨가 스물두 살 때, 두 사람은 부모님의 반대를 무릅쓰고 작은 아파트에서 같이 살기 시작했다. 약 1년 후 딸이 태어나자 부모님은 태어난 아기가 너무 귀엽다면서 두 사람의 관계를 인정했다. 그래도 두 사람의 생활은 고달팠다.

"밥을 먹으러 부모님 집에 가거나 원조가 필요해 돈을 타러 간 적도 있어요. 정말로 고생을 시켜드렸죠."

메구미 씨는 작게 한숨을 내쉬었다. 귀국사업이 시작되자 남편 순식 씨는 곧장 귀국하기로 결정했다. 1960년 6월 10일, 메

열여섯 살 고교 시절의 메구미 씨.
(1950년, 일본)

구미 씨가 스물다섯 살 때 토볼스크호를 타고 일가족은 니가타를 출항했다.

"귀국선을 타고 조선으로 가자고 결심했던 가장 큰 이유는 무엇이었을까요?"

"남편은 일본에서 정말로 고생을 많이 한 데다 세 살배기와 한 살배기 아이가 있었는데 당시 일본에 있던 조선인 아이들은 차별을 받아서 괴로워했어요. 그래서 남편이 아이들을 데리고 조선으로 가고 싶다는 말을 꺼냈죠. 저는 제가 낳은 아이들과 결코 헤어질 수 없었기에 따라나섰습니다. 아이들을 위해서 이곳에 온 것입니다."

"스스로 선택한 길이니 책임지고 아이들을 훌륭하게 키워라"라는 친정아버지의 마지막 말도 메구미 씨의 등을 떠밀었다.

"일본의 친척들은 장례를 치르는 것처럼 슬퍼했습니다. 조선에 가기 직전에 모인 자리에서 가족들이 다들 따로따로 떨어져 앉아 여기서도 저기서도 울기만 했어요. 그땐 정말이지 괴로웠습니다. 어머니는 저희를 배웅하기 위해 니가타까지 와서 시내 호텔에 머무셨는데 남편에게 이렇게 말씀하셨습니다. '메구미는 나의 외동딸입니다. 부탁이니 이 아이를 데려가서 고생만은 시키지 말아주세요. 고생을 시킨다면 제가 당신 머리맡에 귀신이 되어 나타날 겁니다.' 저희는 귀신이 되어 나타난다는 데서 웃음이 터지고 말았습니다."

바다 건너 청진에서 열흘 정도 지낸 뒤 메구미 씨 가족은 평양에 배치되었다.

"결과적으론 평양에 살게 되어 다행이었습니다. 저는 도쿄에서 자랐기 때문에 도시가 아니면 살기 어려웠을 거예요. 어머니도 우리 딸은 평양이 아니면 살 수 없을 거라고 남편한테 이야기했습니다."

평양에 도착하자마자 막내가 일본뇌염에 걸려 죽었다. 메구미 씨는 슬픔에 잠겨 새로운 땅에서 살기 시작했다. 1963년에는 셋째가 태어났다. 몇 년 후 학교에 다니며 조산사 자격증을 따기 위해 열심히 공부했다. 공책에는 조선어와 일본어가 가득 뒤섞여 있었다고 한다. 서른다섯 살부터 조산사로 일했다. 그 후로 13년 동안 3,500명 가까운 신생아를 받았다.

"병원뿐만이 아니라 임산부 집에 직접 가서 아이를 받기도 했습니다. 새벽 1시에 불려가거나 임산부 대신 밥을 짓기도 했어요. 첫아이가 태어난 집에서는 잘됐다며 같이 기뻐하기도 하고. 그 시절이 가장 보람 있었습니다. 밤낮없이 열심히 일을 했지요. 지금도 시장 같은 데 가면 '선생님, 우리 아이 이만큼 컸어요'라는 이야길 듣기도 해요. 저는 잊어버렸는데 엄마들은 기억하고 있더라고요."

메구미 씨는 생기 넘치는 표정으로 말했다. 남편은 농업기계작업소라고 농기구 만드는 회사에서 운전사로 일했다. 하지만

조산사 동료들과 함께 찍은 단체사진.
앞줄 오른쪽 끝이 메구미 씨.
(촬영일 불명, 평양)

1972년, 메구미 씨가 서른여덟 살 때 갑자기 병으로 죽고 말았다. 그 후로 40년 넘게 홀로 아이를 키웠다. 평양 시내에 사는 일본인 아내들과 교류도 했다. 그중에 평양외국어대학에서 오랜 기간 일본어를 가르친 여성도 있었다.

"제가 사는 평양 중구성에는 일본인 여성이 13명 있었습니다. 지금은 모두 세상을 떠나고 저 혼자 남았지요. 저는 2000년 고향방문사업 때 일본을 방문한 적도 있고, 부모님도 네 번이나 저를 보러 평양에 오시기도 했습니다. 부모님을 한 번도 뵙지 못하고 돌아가신 일본인 여성도 많은데, 저는 정말로 운이 좋았습니다."

아버지 구순 잔치를 평양에서 함께 축하했던 일을 더없이 기쁜 듯이 들려주었다. 메구미 씨는 1963년에 태어난 아들 송정철 씨와 아내 안윤옥 씨 그리고 손자 둘과 함께 살고 있었다. 아들 정철 씨도 아버지와 마찬가지로 운전사 일을 한다고. 고향방문사업으로 일본에 갔을 때 원산에 사는 타키코 씨(제1장)와 친해져서 그 후로 종종 전화로 근황을 주고받는다는 말도 했다. 2017년에 내가 메구미 씨를 다시 만났을 때는 타키코 씨가 돌아가셨다는 걸 슬퍼하고 있었다. 따님 키미코 씨로부터 전해 들은 모양이었다.

2015년 10월, 나는 평양 시내에 사는 후쿠시마 아이즈 출신 일본인 여성 나라 키리코 씨 댁을 방문한 적이 있다. 현관문을 열고 실내로 한 걸음 들어서자 키리코 씨는 "아! 내 조국 분이 오셨구나"라며 손을 내밀어주었다. 일본어가 유창한 아들과 함께 오래전 앨범을 보며 한 시간 정도 이야기를 나눴다. 잘 웃는 여성이었다. 그날 나는 사진은 하나도 찍지 않았다. "다음엔 봄에 올 테니 그때 취재하게 해주세요. 가능하면 사진도요. 다시 만납시다" 하고 악수를 한 뒤 헤어졌다. 헤어지는 현관 앞에서 키리코 씨는 "기념으로 가져가세요"라며 희고 붉은 손수건을 건네주었다.

하지만 반년 후 평양을 다시 방문했을 때, 키리코 씨는 이미 세상을 떠난 뒤였다. 결국 내게는 그녀의 사진 한 장 남아 있지 않다. 시간이 흐르면서 키리코 씨 얼굴이 내 기억 속에서 조금씩 옅어진다. 만약을 위해 사진 한 장이라도 찍을까 했는데, 당시에는 아직 이 나라에서 막 취재를 시작한 참이라 '만약을 위해'라는 어설픈 마음으로 사진을 찍는 건 그만두었다. 쓸데없이 진중했을지도 모른다. 그렇다고 키리코 씨의 사진을 찍지 못한 걸 후회하진 않는다. 다만 지금은 자연스레 대화를 하지만 그다음이 없을지도 모른다, 이게 마지막일지도 모른다, 그런 생각을 염두에 두고 취재해야만 한다는 것을 키리코 씨의 죽음으로 통감했다.

"내년에 다시 만납시다."

이번에도 그렇게 말하며 현관 앞에서 메구미 씨와 악수를 나눴다. 몸을 앞으로 구부린 채 서 있는 메구미 씨는 날 보며 문이 닫히는 순간까지 손을 흔들었다.

니가타항을 출항한 귀국자들이
맨 처음 도착해 바라본 청진항 풍경.
(2017년 12월, 청진)

청진으로

2017년 8월 29일, 평양에서 고려항공 국내선을 타고 함경북도 어랑공항으로 향했다. 평양에서는 약 650킬로미터. 한 시간 가량 걸려 도착한 작은 공항은 바다에서 겨우 몇백 미터 떨어진 곳에 위치해 있었다. 이곳은 청진이나 칠보산, 중국 국경과 접한 회령으로 가는 기점이 되는 공항이다. 착륙 후에는 버스를 타고 공항 입구까지 이동했다. 안내인이 기다린다고 들었는데 어디서 만나는 것일까. 버스에서 내려 주위를 둘러보니 한 남성이 다가왔다.

"Are you Ms. Hayashi(하야시 씨입니까)?"

내게 말을 건 사람은 함경북도를 방문하는 외국인을 안내하는 이 씨라는 남성이었다. 혼자서 이곳에 오는 일본인 여성이라고 해서 바로 날 알아봤다고 했다. 우선 승용차를 타고 약 40킬로미터 떨어진 청진으로 향했다. 나와 나이가 같고 자기 의견을 곧바로 말하는 사람이라 금세 친해졌다. 청진 출신인 이 씨는 어릴 적 몇 년 동안 태권도를 전문으로 배우는 학교에 다녔다고 했다. 키가 크진 않았지만 체격이 좋았다. 20대에는 조선인민군 병사로 5년간 군사경계선 남북 2킬로미터 거리의 비무장지대(DMZ)에서 복무했다.

예전에 판문점을 방문했을 때 비무장지대에 배치된 병사들의 표정을 차창 밖으로 가만히 응시했던 적이 있다. 그들은 어떤 가정에서 태어나, 어떤 꿈을 꾸며, 지금 어떤 생각으로 이곳에 있을까 하고 생각했는데, 이 씨도 10년쯤 전까지는 그 병사 가운데 하나였다. 군 복무를 마치고 나선 평양외국어대학에서 중국어와 영어를 배웠고, 졸업 후 한동안 평양에 살다가 형이 죽은 뒤 부모님을 생각해서 고향 청진으로 돌아왔다고 한다.

"남조선에 가본 적 있어?"

갑자기 이 씨가 물었다.

"응, 있어. 서울엔 친구도 있고."

"남쪽 사람들을 좋은 사람들이라고 생각해?"

"그렇지, 여기 사람들하고 똑같아."

이 씨는 깜짝 놀란 표정으로 눈을 크게 뜨고 나를 쳐다본 다음 이렇게 말했다.

"우리는 역사와 언어와 많은 부분을 공유하고 있어. 같은 조선 민족이니까."

나도 질문을 했다.

"일본을 어떻게 생각해?"

열차에서 마주 앉은 사람들에게 던진 것과 같은 질문이었다. 이 씨는 창밖을 바라보더니 다시 내 쪽을 보며 대답했다.

"이런 말 하는 건 미안하지만…… 많은 조선인이 일본을 싫어해. 하지만 개인적으론 일본 사람들이 정말 좋은 사람들이라고 생각해. 지금까지 내가 안내했던 일본인들은 단 한 사람도 내게 기분 나쁜 인상을 심어준 적이 없거든. 모두 친절하고 예의 발랐어. 너도 그렇고. 한 사람 한 사람 만나면 쉽게 서로를 이해할 수 있는데 나라와 나라가 만나면 그게 어렵네. 내가 무슨 말을 하려는지 알겠어?"

"응, 잘 알겠어."

나는 그의 눈을 보며 고개를 크게 끄덕였다. 이번에는 그가 물었다.

"7월에 발사한 대륙간탄도미사일은 어떻게 생각해?"

그의 솔직한 질문에 놀랐다.

"음…… 그땐 나도 평양에 있었는데……."

미사일 발사뿐만 아니라 그 이전 국제사회 움직임까지 모든 것을 다 포함해서 묻는 걸까 싶어 고민하는데, 그는 내 답변을 기다리지 않고 말을 이었다.

"미국이 남조선과 군사훈련을 하지 않으면 미사일을 쏘는 일도 없을 거야."

그러면서 그는 창밖을 보았다. 그 직후 우리는 도중에 들르는 어촌에서 내려 바위산 근처를 산책했다. 그때 옆에서 걷던 이 씨가 내게 물었다.

"조선 노래 중에 아는 거 있어?"

나는 한 달 전 평양에서 취재한 열다섯 살 박진리 씨가 좋아하던 노래를 기억했다. 그녀는 태어날 때부터 앞이 보이지 않았지만 노래 부르길 좋아해서 가사를 외우고 있었다.

"〈심장에 남는 사람〉이라면 리듬은 알아. 가사는 모르지만."

가요 그룹 모란봉악단이 그 노래를 부르는 모습을 호텔 텔레비전에서 여러 번 본 적 있었다.

"아! 그 노래, 나도 좋아해."

이 씨는 스마트폰 음악 리스트에서 〈심장에 남는 사람〉을 골라 스피커 모드로 틀었다. 우리는 노래를 들으며 해안을 걸었다. 오징어잡이 목조 어선 여러 척이 바다로 나가는 중이었다. 바로 앞에서 어부들이 배 안 장비를 점검하기도 하고 웅크리고 앉아 쉬는 모습이 보였다. 배에는 램프가 걸려 있었다. 우리는 다시 차에 올라 청진으로 향했다.

청진항은 이번 함경북도 여행에서 꼭 들르고 싶은 곳이었다. 각지에서 취재한 일본인 아내들이 니가타항을 출발해 맨 처음 들른 곳이 청진항이었기 때문이다. 그녀들이 갑판 위에서 본 풍경과 오늘날 풍경은 꽤 많이 바뀌었으리라. 해안을 따라 셀 수 없이 많은 선착장이 있었고, 항구 바로 앞에는 연녹색과 오렌지색 아파트가 줄지어 있었다. 항구 전경이 내려다보이는 곳에서 사진을 여러 장 찍었다.

이 씨는 몇 년 전부터 일본어를 공부하고 있다고 했다. 청진에는 지금도 일본에서 온 귀국자가 많이 사는데, 도쿄에서 귀국한 70대 이웃 남성에게 일본어를 배운다고. 이번 청진 일정은 이틀이었다. 그는 어랑공항에서 일본어로 쓰인 일정표를 건네주었다. 히라가나를 조금 틀리긴 했지만 그래도 익숙한 영어가 아니라 일부러 일본어로 준비해준 마음 씀씀이가 고마웠다.

나선경제특구 내에 있는 해변 마을.
(2017년 8월, 나선)

더 북쪽 나선으로

다음 날, 더 북쪽 나선으로 가기 위해 아침 일찍 청진을 출발했다. 오른쪽 창밖으로는 끝없이 바다가 이어졌고, 왼쪽 창밖으로는 산과 농촌이 펼쳐졌다. 그 무렵 길가에는 분홍색 코스모스가 피어 있었다. 종종 소와 말이 끄는 짐마차에 올라탄 아이들 옆을 지나갔다. 두 시간 정도 지나 세관에 도착했다. 여기서부터는 한반도 최북동부 나선경제특구. 함경북도 안내인에서 나선 전문 안내인으로 교대한다.

"이번 여행은 만족하셨습니까? 이런저런 불편한 점도 있었겠지만 이해해주신다면 기쁘겠습니다."

이틀 동안 안내를 맡아준 이 씨가 헤어지면서 말했다. 나선경제특구는 중국, 러시아와 국경을 마주한다. 두만강 접경에 중국 훈춘시와 러시아 하산지구가 있다. 이 지구에서는 마그네사이트와 철광석, 도자기 원료 등의 자원이 난다. 이날 나진역에서 약 1킬로미터 떨어진 나진항으로 향했다. 이곳에는 귀국사업 때 사용된 초대 만경봉호 여러 척이 정박해 있었다. 원산에 있는 만경봉92호보다 훨씬 작은 배였다. 하부는 녹이 슬어 낡아 있었다. 갑판에 걸린 조선민주주의인민공화국 국기가 바람에 나부꼈다. 항만 건너편 부두에는 러시아에서 실어 온 시커먼 석탄이 산더미처럼 쌓여 있었다. 이 석탄은 동남아시아로 수출한다고 한다.

나선시에는 홍콩 자본의 엠페라호텔이 자리 잡고 있다. 이 최고급 호텔의 투숙객은 대부분 1층 카지노를 이용하러 오는 중국인 관광객이라고 한다. 냉방이 심하게 잘 돌아가는 호텔 로비에는 거대한 야자수 화분이 놓여 있었다. 카지노 내부는 촬영 금지다. 안에 들어가니 여러 테이블에 중국인 손님이 대여섯 명씩 앉아 100달러 지폐를 꺼내놓고 즐기고 있었다. 전체 손님은 40명 정도일까. 내부를 한 바퀴 빙 돌고 바로 밖으로 나왔다.

"어땠습니까?"

안에 들어가지 않고 입구에서 기다리던 안내인 남성이 내게 물었다.

"카지노보다는 바깥 자연 풍경을 보는 게 좋네요."

"하하하. 그렇지요. 그럼 갈까요."

그는 그렇게 말하며 자리에서 일어났다. 우리는 거기서 조금 떨어진 해변을 산책하기로 했다. 나선에서 묵을 호텔은 바닷가에 위치했다. 호텔로 가는 도중에 지나간 어촌에는 단층집이 즐비했다. 지붕 위에 2미터 높이의 좁은 나무 기둥을 같은 간격으로 세우고 그 기둥과 기둥을 흰 줄로 묶어 놓은 게 보였다. 여인들이 잡아 온 오징어를 말리기도 했다. 창가에 고추를 말리는 집도 있었다. 저녁나절, 바다 너머로 조금씩 석양이 지는 풍경을 호텔 창문 너머로 가만히 바라보았다. 이곳의 하루는 다른 도시보다 천천히 흐르는 듯했다.

'화성-12' 발사

이튿날 시내 시장에 들렀다. 채소와 쌀 같은 식자재 사이를 걷고 있으려니 중년 여성이 손짓을 하며 말린 과일을 건넸다. 만면에 미소를 띠며 "맛보세요"라고 말하는 듯했다. 마침 안내인 남성과 몇 미터 떨어져 걷고 있었기에 나를 마을 사람이라고 착각했던 것일까. 말린 과일을 조금 입에 넣어보았다.

사진 촬영은 금지였지만 지붕 달린 거대한 건물 안을 자유롭게 돌아다닐 수 있었다. 1층은 채소와 과일을 중심으로 한 식료품, 2층은 옷과 결혼식용 흰 한복풍 드레스, 가구, 화장품, 구두, 과자 등을 팔았다. 집에서 평상복을 입은 채 그대로 달려온 듯한 차림의 여성들이 물건을 팔고 있었다. 평양의 시장이나 백화점과 달리 마치 태국이나 캄보디아의 옥외시장에 온 것처럼 북적거리고 활기찬 모습이 무척 신선했다.

그날 저녁, 커피를 마시려고 시내 호텔 로비에 있는 카페에 들렀다. 점원 여성이 커피를 내리는데, 그 옆에서 여성의 딸처럼 보이는 여자아이가 그림을 그리며 놀고 있었다. 이 심플한 2층짜리 남산여관은 일찍이 남만주철도 주식회사가 연선 주요 도시에 연 일본 호텔이었다. 1939년 개업 당시 이름은 나진야마토호텔. 개조를 하긴 했어도 은근히 당시 분위기를 간직하고 있었다.

이틀 전인 8월 29일, 중거리탄도미사일 '화성-12'가 발사되었다. 내가 평양에서 비행기로 어랑공항에 도착해 청진시로 향하는 동안 안내인 이 씨와 끝없이 이야기를 나누던 날 아침의 일이다. 커피를 다 마시고 남산여관을 나오니 여관 입구 상부에 설치된 대형 스크린에 화성-12가 발사되는 영상이 흘렀다. 한

동안 발길을 멈추고 화면을 보는 남성들이 있는가 하면, 거기엔 관심도 주지 않고 아이들을 데리고 걸어가는 고령의 남성, 바쁜 듯 자전거를 타고 지나가는 여성도 있었다.

저녁을 먹고 호텔 로비에서 안내인 남성 둘과 이야기를 나누는데, 로비 카운터에 놓인 텔레비전에서 뉴스가 나왔다. 화성-12 발사가 성공했다는 대대적인 보도였다. 로비에 있던 남성은 내가 일본인임을 알고 "홋카이도 오시마라는 곳을 통과했나 봅니다"라며 홋카이도를 통과하는 모양을 몸짓으로 설명했다.

"오시마?"

나는 그에게 확인 차 물었다. 그는 자랑스러운 듯 말했지만 그 표정은 내게 친절하게 상황을 설명해주려는 것처럼 보였다. 나중에 오시마가 오시마반도임을 알았다. 그는 이어서 말했다.

"지금 일본에는 큰일이 난 모양입니다. 전국적으로 알람이 울리고 있나 봐요."

"알람?"

나는 무심코 되물었다. 이 뉴스가 일본에 크게 보도되리라는 건 쉬이 상상이 갔는데, 알람이 울린다는 건 전혀 상상이 가지 않았다. 일본의 반응과 관련해서 잘못된 정보가 흐르고 있다고 생각했다. 공습경보 같은 알람이 울리고 있나 상상해봤지만 그럴 리가 없었다.

"그건 분명 잘못된 정보입니다. 일본에 알람이 울리는 건 말도 안 됩니다."

남산여관 대형 스크린에 비친
중거리탄도미사일 화성-12 발사 뉴스 영상.
(2017년 8월, 나선)

나는 안내인 남성을 통해 분명히 전하고 다시 텔레비전을 보았다. 나중에 일본에 귀국해서 그 사람이 말한 '알람'이 'J얼럿(전국순간경보시스템)'이란 사실을 알았다. 그가 들은 정보가 어떤 의미에선 옳았다.

미사일이 크게 비치고 발사 전 카운트다운 영상으로 바뀌며 화면에 '10', '9', '8'이라는 숫자가 표시되기 시작했을 즈음, 마침 중국인 여성 단체 관광객이 호텔 로비로 들어왔다. 또각또각 힐 소리를 내며 화려한 트렁크를 끌고 잰걸음으로 내 앞을 지나갔다. 체크인하는 카운터 바로 옆 텔레비전에 흐르는 뉴스 따위에는 관심조차 주지 않고 화기애애하게 이야길 나누었다. 미사일이 날아가는 긴박한 화면과 그것과는 정반대 광경을 동시에 바라보는데 이상한 기분이 들었다.

다시 열차를 타고

나선을 떠난 이틀 후인 9월 2일, 나는 당장이라도 평양역을 출발할 듯한 열차 안에서 차창 너머 플랫폼을 바라봤다. 다시금 스물세 시간에 걸쳐 베이징으로 돌아가는 길이었다. 내 옆에는 플랫폼을 바라보며 감정을 주체하지 못하고 눈물을 흘리는 남성이 서 있었다. 플랫폼의 군중 속에서 초등학생쯤 돼 보이는 여자아이와 그 어머니가 이쪽으로 달려오더니 남성이 선 창문에 손을 대며 눈물을 흘렸다. 중국으로 가는 아버지를 배웅하러 왔으리라. 영화의 한 장면처럼 드라마틱한 광경이었다.

나는 평양에서 신세를 진 두 안내인에게 창문 너머로 손을 흔들면서도 옆에 있는 남자가 계속 신경 쓰였다. 한동안 못 만날 이별인 걸까. 오는 열차에서 만난 아프리카 귀국행 사람들이 떠올랐다. 이 열차에는 긴 여행에서 돌아가는 사람도 있는가 하면, 이제 여행을 떠나는 사람도 있다. 다양한 사람의 감정과 함께 베이징과 평양을 오가는 것이다. 열차가 조금씩 달리기 시작했다. 통로 바로 뒤 객실로 돌아오니 아까 그 남성이 자리에 앉아 눈물을 훔치고 있었다. 나와 같은 방인 듯했다. 눈이 마주치자 부끄러운 듯 웃었다.

"한동안 가족을 못 만나시나요?"

"네. 3년 동안 일 때문에 중국에 머뭅니다."

창문 너머로 손을 맞잡던 여자아이는 일곱 살배기 딸이고, 무역 관련 일로 해외에 가는 건 이번이 처음이라고 했다. 남자는 가방에서 가족사진을 꺼내 보여주었다. 3년 전 평양중앙동물원에서 당나귀를 타고 웃는 딸아이 사진과 할머니 할아버지 어깨에 손을 두르고 찍은 기념사진 등 가족의 특별한 순간이 한 장한 장 담겨 있었다.

맞은편에는 양복을 입은 두 남성이 앉아 있었다. 두 사람은 일 때문에 종종 중국에 간다고 했다. 두 사람 다 김일성종합대학 박사과정을 졸업한 엘리트였다.

"아내가 만든 김밥인데, 같이 드시지 않겠습니까?"

아까 눈물을 흘리던 남성이 밝은 표정을 되찾고는 말을 걸었다. 우리 넷은 빈 상자를 뒤집어 그 위에 김밥과 오리 통구이 등을 올리고서 맥주를 따랐다. 가족 이야기, 북일 관계, 일본 주택과 사업 등에 대해 진지한 대화를 나누고 때때로 크게 웃기도 하면서 풍경을 내다보는 것보다 훨씬 재미있는 시간을 보냈다.

다음 날, 베이징역에 도착한 우리 넷은 역 출구까지 함께 걸었다. 베이징역 앞 광장은 수많은 사람으로 붐볐다. 그 속에 그들을 데리러 온 사람들이 기다리고 있었다. 그중 한 명이 나를 보며 그들에게 무언가 물었다.

"일본 사람……."

그렇게 대답하는 소리가 들렸다. 날 확인하는 것이리라. 이 이상 세 사람과 함께 있다가는 폐를 끼칠 것 같아 내가 먼저 말없이 떠났다. 트렁크를 끌고 그들에게 등을 보이며 20미터가량 걷다가 뒤돌아본 나는, 세 사람과 눈이 마주쳤다.

여행지에서 친해지면 페이스북 등 연락처를 교환한다. 아무리 생활 거점이 떨어져 있어도 문득 생각날 때 곧바로 짧은 메시지를 보내면 연락이 닿을 만큼 세계는 좁아졌다. 아까까지만해도 가깝게 느껴졌던 그들이 갑자기 먼 존재처럼 느껴졌다. 아주 이상한 감각이다. 우연한 기회가 아니라면 이제 두 번 다시 만날 수 없으리라. 그렇게 생각하며 허리 근처에서 작게 손을 흔들었다. 그러자 그들 가운데 한 사람이 비슷하게 손을 흔들었다. 다른 두 사람은 살짝 웃으며 가볍게 인사했다. 다시 역을 등지고 걸으며 그들과 열차에서 나눈 이야기를 떠올렸다.

나는 그대로 베이징역을 10분쯤 걸어 나와 스타벅스로 들어 갔다. 인터넷을 연결해 로이터통신 베이징지국에서 일하는 외국 인 기자 친구에게 연락했다. 그날 저녁 출발하는 하네다행 비행 기를 타기까지 시간이 있었기에 베이징공항으로 가기 전에 같 이 커피를 마시기로 했다. 외국에 머물 때는 경비를 줄이기 위 해 와이파이를 이용하지 않는다. 쌓인 메일에 답장하는 동안 어 느새 정오가 지나 친구가 도착했다. 무척 바쁜 모양이었다.

"방금 북한 북동부에 큰 지진이 있었어. 하지만 기자들 사이 에선 지진이 아니라 무슨 폭발이나 핵실험이 아닌가 하는 이야 기가 돌아."

친구가 흥분하며 말했다. 동료 기자들과 연락하는지 안절부 절못하며 핸드폰 메시지를 확인하고 가끔씩 바쁜 듯 어딘가로 전화를 걸었다. 나는 그런 그의 모습을 오랜만에 입에 넣는 캐러 멜 마키아토를 마시며 바라봤다.

"북동부라……"라고만 대답했다. 북동부는 바로 이틀 전까지 내가 머물던 곳이다. 그 순간 함경북도 안내인이던 이 씨와 어랑 공항에서 청진으로 가는 길에 차창 너머로 스쳐 간 아이들, 나 무 아래서 쉬던 농부들의 모습이 눈앞에 떠올랐다. 그들도 땅 이 흔들리는 걸 느꼈을까. 그날 오후 3시 30분, 조선중앙방송은 "수소폭탄 발사실험에 완전히 성공했다"라고 발표했다. 함경북 도 풍계리 근처에서 일어난 핵실험이었다.

귀국하는 비행기 안에서 나는 비행경로 화면을 보았다. 그때

'원산', '청진'이라는 글자가 한반도 지도 위에 표시되었다. 어쩐지 무척이나 차갑고 먼 장소 같은 인상을 받았다. 해변에 서 있을 때는 두 나라가 그토록 가까이 여겨졌는데……. 곧장 현지에서 만난 한 사람 한 사람의 일화를 떠올렸다. 그 순간, 현지에서 살아가는 그들의 모습이 자연스레 상상됐다.

3장

아카시아의
추억

홋카이도부터 배 속의 아이와 함께

"뭐랄까, 바다란 참 좋은 것이에요. 마음이 이끌리지요. 좋은 의미든 나쁜 의미든. 아무튼 바다는 참 좋아요."

미나카와 미츠코 씨는 그렇게 말하며 시선을 창밖으로 돌렸다. 창문 바로 앞에서 파릇파릇한 메타세쿼이아 두 그루가 봄바람에 휘날리며 크게 흔들렸다. 그 끝에는 바다가 있다. 그리고 바다 저편에 일본이 있다. 삿포로역에서 눈물을 흘리는 어머니의 반대를 무릅쓰고 바다를 건넌 그날로부터 57년의 세월이 흘렀다. 당시 스물한 살이던 미츠코 씨는 일흔여덟 살이 되었다.

"바다는 표정이 여러 가지예요. 종종 바다 근처로 가서 그걸 지켜보는 게 즐거워요. 인간하고 비슷하죠, 바다란."

"인간하고 비슷해요?"

나는 미츠코 씨의 얼굴을 들여다보며 되물었다.

"네. 조용할 때도 있고, 격렬하게 화를 낼 때도 있고."

바다 근처에서 살아온 미츠코 씨는 드넓은 바다에 인생을 투영하며 바다라는 존재 자체에 깊은 향수를 느끼는지도 모른다.

2017년 4월 25일 오후, 우리는 동해의 항구 마을 원산에 있는 미츠코 씨 자택 거실 소파에 나란히 앉았다. 7, 8평쯤 되는 방에는 연두색 바탕에 옅은 분홍색 꽃무늬가 그려진 벽지가 붙어 있었고, 안방 창가에는 거울과 회색빛 책상이 놓여 있었다. 책상 위에는 빨강, 노랑, 보라의 조화가 꽃병에 예쁘게 꽂혀 있었고, 창을 등진 정면 벽 상단에는 이 나라 여느 가정과 마찬가지로 김일성 주석과 김정일 총서기의 초상화가 걸려 있었다. 깔끔하게 정돈된 청결한 방이었다.

미츠코 씨는 1939년 1월 1일 아버지 히사시 씨, 어머니 츠유노 씨 사이에서 셋째 딸로 태어났다. 태어난 곳은 도쿄 고이시카와이지만 생후 100일 때 가족과 베이징으로 건너왔다. 당시 중국 대륙 일부가 일본 점령 아래 있었기에 점령지 경영의 일환으로 베이징 도시계획이 실시되었다. 그래서 일본의 수많은 기술자가 파견되었는데, 토목 기술자였던 미츠코 씨의 아버지도 그중 한 사람이었다. 두 언니와 베이징에서 태어난 세 살 아래 남동생과 함께 소학교 1학년 때까지 중국에서 살았다.

1945년 8월 패전 이후 온 가족이 아버지의 고향인 삿포로로 이주했다. 집은 마루야마공원에서 걸어서 2분 거리에 있었다. 일곱 살 때는 근처 절에서 열린 꽃 축제에 참석해 머리엔 커다란 화관을 쓰고 얼굴엔 화장을 한 채 화려한 의상을 입고 어머니와 함께 기념사진을 찍었다. 매년 봄이면 사람들로 붐비는 마루야마공원에서 꽃놀이를 하고, 가을이면 그 옆 시민운동장에서 열리는 기업체 운동회를 보러 갔다. 소학교 4학년 즈음에는 남동생과 함께 지금의 홋카이도신궁(당시 삿포로신사로 불린) 경내

일본인 아내 미츠코 씨의 손에 올려진
일곱 살께 절에서 열린 꽃 축제 때
어머니와 함께 찍은 기념사진.
(1946년, 홋카이도)

소나무를 타고 놀다 관리인에게 혼난 적도 있다.

내가 미츠코 씨를 처음 만난 건 2016년 5월. 큰딸 최선희 씨 (55세)와 원산 시내 아파트에서 둘이 살고 있었다. 옅은 분홍색 외벽의 4층 건물이었는데, 최상층에 있는 집으로 이사를 온 것이 1994년이라고 했다. 미츠코 씨는 웃으며 날 반겨주었다. 처음 보는 내가 일안리프 카메라 두 대를 토트백에서 꺼내는 모습이나 공책에 메모하는 동작 등을 흥미롭게 지켜보았다.

나는 간단한 자기소개를 마친 뒤 바로 인터뷰를 시작했다. 이때는 취재 시간에 제한이 있어서 짧은 시간 안에 최대한의 취재를 해야 한다는 마음 때문에 조바심을 느끼고 있었다. 어린 시절 추억을 비롯해 일본에서의 생활을 하나하나 물었다. 이미 60년 가까이 이 나라에 살았지만, 미츠코 씨가 쓰는 일본어 울림은 무척 아름답고 침착했다. 마치 지금도 일본에서 사는 사람처럼 나와 대화를 하는 데 전혀 위화감이 없었다. 그녀는 어휘를 골라가며 정성스레 대답해주었다. 그러다 10분쯤 지나 남편과 어떻게 만났는지 물으려 했을 때였다.

"저기, 무슨 목적으로 절 찾아오셨나요?"

너무도 직접적인 질문에 한순간 당황했지만, 소박하게 떠오른 궁금증임을 곧 이해했다. 물론 내가 취재 목적으로 찾아온다는 건 이미 들어 알고 있으리라. 그래도 애초에 왜 일본인 아내를 취재하고자 마음먹었는지 궁금한 게 당연했다. 자신의 인생이 어떠한 인간에 의해 기록되고, 어떻게 전해질지 신경 쓰였으리

라. 나는 한 번, 취재를 중단했다.

일본인 아내라고 불린 이 일본인 여성들은 반세기도 더 전에 언어도 습관도 완전히 다른 땅으로 왔다. 한 사람 한 사람이 당연히 다양한 고난을 겪었으리라. 서로의 나라를 오가는 일이 불가능한 가운데 어떠한 인생을 살아왔을까. 나는 한 사람 한 사람 개인의 이야기를 들으면서 이제껏 이 나라에 살았고 지금도 살아 있다는 증거를 남기고 싶다고 일본어로 대답했다. 미츠코 씨는 내 눈을 들여다보며 가만히 듣다가 10초가량 생각한 후에 고개를 끄덕이며 대답했다.

"알겠습니다."

그 후 2년 반에 걸쳐 미치코 씨의 자택을 방문해 취재하며 느낀 점은, 그녀가 사물을 깊이 통찰하는 힘이 있고 자의식이 강한 시원시원한 여성이라는 사실이었다. 처음 만났을 때 내가 꼬치꼬치 개인사를 캐물으려고 하자 그 자리에서 분명히 내 취재 의도를 확인한 것은 미츠코 씨에게는 자연스러운 일이었다. 나는 몇 번이고 그 집을 방문해 대화의 폭을 넓혀가며 기억의 파편을 퍼즐처럼 맞춰가기로 했다.

오래된 앨범

처음 만나고 3개월이 지난 2016년 8월, 다시 미츠코 씨를 만났다. 이틀에 걸쳐 취재했는데, 긴 인터뷰가 아니라 그 자리에서 자연스럽게 대화를 나누고 사진을 찍었다. 지난번보다 시간에 여유가 있어 훨씬 편안한 모습이었다. 미츠코 씨는 벽에 걸린 원숭이 인형을 내가 빤히 쳐다보니 "저 인형 귀엽지요? 아마도 올해는 원숭이의 해가 아닌가 싶은데…… 맞습니까?"라고 물었다. 매년 올해가 무슨 동물의 해인지 마음속에 새겨왔다고 한다. 이어서 어린 시절 추억이나 남편과의 만남, 어머니 츠유노 씨 이야기 등을 조금씩 들려주었다.

둘째 날에는 점심이 지나 미츠코 씨를 만나러 갔더니, 건포도 넣은 찐빵을 만들어주셨다. 그날 아침 일찍부터 일어나 반죽을 하셨다고 했다. 일본에서 여러 번 먹은 적 있는 찐빵보다 훨씬 쫀득쫀득한 식감이었다. 정성스레 만들었음을 알 수 있었다. 달콤한 건포도가 속까지 잘 스며서 맛이 좋았다.

미츠코 씨는 소중히 여기는 앨범 두 권을 보여주었다. 아이 때부터 중학교와 고등학교 시절, 남편을 만난 대학 시절, 결혼 그리고 이 나라에서 찍은 사진이 정성스럽게 담겨 있었다. 나는 한 장 한 장 접사로 찍었다. 일본으로 돌아가 사진 속에 희미하게 찍힌 일본 지명을 발견할 때마다 인터넷에서 검색했다. 60년 전 미치코 씨가 본 광경은 무엇이었으며, 그 장소가 지금은 어떻게 되어 있을까 알기 위해서였다. 앨범에는 미츠코 씨가 중학교 졸업식 때 학교에서 펴낸 책자 기사가 붙어 있었다. 말하자면 졸업 문집이랄까. 당시 학생회 부회장이던 미츠코 씨를 '활약한 사람들'이라고 소개하는 문장이 있었다. 당시 미츠코 씨의 모습이 잘 전해지는 글이었다.

"저 하얗고 호리호리한 여자에게 2,000명이나 되는 학생 앞에서 당당히 말하는 능력이 있다는 게 참 신기하다. 아니, 학생회 임원이란 직함 때문일지라도 훌륭하다. (중략) 붓을 들자 전국서도대회에서 입선하는 영예도 얻었다고 한다. 또 여름에는 배구, 탁구, 육상을 하고 겨울에는 스키를 탄다. 선수까지는 아니지만 만능인이다. 입에 발린 말을 잘하는 남자가 '미나카와는 황태자비가 되겠네'라고 했다는데, 황태자는 피부가 희고 얼굴이 갸름하니 어쩌면 이상적인 황태자비가 될지도? 미래에는 변호사 아니면 기자가 될지도 모른다. 아무튼 기대되는 사람이다."

결혼 무렵

세 번째 방문은 2017년 4월. 아파트 문을 열어준 미츠코 씨는 눈이 마주치자마자 "잘 오셨습니다!"라며 두 손으로 내 손을 잡고 함박웃음을 지었다. 우리는 현관에서 손을 맞잡은 채 잠시 서로를 바라보았다. 방에는 생후 6개월의 미미라는 갈색 고양이가 있었다. 지인에게 받았다고 했다. 미미 하고 울어서 그런 이름을 지었단다. "고양이는 조심성이 많아요. 봉지 안이나 좁은 곳으로 숨으려 들어요" 하면서 미미를 부드럽게 쓰다듬었다.

지난번 방문 때 소파에 앉아 함께 찍은 사진을 일본에서 인화해 전해드렸다. 가만히 사진을 들여다보던 미츠코 씨는 "나도 이제 다 늙었네"라고 회한에 젖어 중얼거렸다. 그날 나는 비

홋카이도대학 시절의 미츠코 씨.
(1950년대, 일본)

디오카메라를 가져갔다. 미츠코 씨의 목소리와 일본어로 이야기할 때의 표정을 기록하고 싶었기 때문이다. 그날은 여유 있게 미츠코 씨 이야기를 듣기로 하고 삼발이로 비디오카메라를 설치한 후 인터뷰를 녹화했다.

1957년 4월, 열여덟 살의 미츠코 씨는 홋카이도대학 수산학부에 입학했다. 약 100명의 동급생 가운데 여학생은 미츠코 씨 혼자였다. 수산학부는 2학년부터 삿포로에서 하코다테 교정으로 이동한다. 이듬해 봄, 2학년이 된 미츠코 씨는 수산학자이자 지도교수였던 선생님 댁에서 하숙하게 되었다. 하코다테 어항에는 생선을 실은 배가 수없이 들어왔다. 오징어 철에는 오징어를 실은 배가 들어와 항구에서 오징어를 말렸다. 그 독특한 냄새를 지금도 기억한다고 했다.

미츠코 씨의 기억에 따르면 여름의 일이다. 열아홉 살 때, 네 살 위 재일조선인 최화재 씨를 만났다. 화재 씨는 1주일에 세 번 정도 이웃집 가정교사로 드나들었기에 알게 됐다. 같은 홋카이도대학 수산학부에서 동물발생학을 전공하는 선배였다. 이윽고 학교에서도 만날 기회가 늘었다. 성적이 톱이던 화재 씨는 대학에서도 유명했다. 주위 교수들은 "최 상"이라고 불렀다. 하숙집 교수님과 화재가 가까운 사이기도 하고 또 교수 사모님과 이웃집 사모님이 사이가 좋아 화재 씨가 종종 집에 놀러 오면서 만날 기회가 늘었다. 담 하나를 사이에 두니 얼굴도 보이고 목소리도 들렸다.

"남편은 사람을 기분 좋게 해주는 편이라 교수님들도 귀여워했어요. 그래서 자연스럽게 제 하숙집에 놀러 왔답니다. 어쩌면 제가 있어 놀러 온 건지도 모르지만요."

그녀는 웃으며 당시를 회상했다. 화재 씨 부모님은 한국 남부의 섬 남해도 출신. 화재 씨는 8형제 가운데 둘째로 교토에서 태어났다. 잘사는 집은 아니었지만, 열심히 공부해서 국립대학에 시험을 쳤다고 했다. 두 사람이 만난 무렵 찍은 화재 씨 사진을 보니, 호리호리한 체격에 매우 단정한 용모의 남성이었다. 싹싹하고 성적도 우수하며 노력파에 자립정신 강한 그에게 미츠코 씨는 반했다. 두 사람은 금세 사랑에 빠졌다. 결혼을 결심하는 데 긴 시간이 걸리지 않았다.

"가족분께 결혼하겠다고 말하니 뭐라고 하시던가요?"

지난번 방문 때도 가족이 결혼을 반대했다는 이야기는 간단히 들었기에 답변은 예상할 수 있었다. 하지만 미츠코 씨의 말로 다시 분명히 듣고 싶었다.

"하아……."

깊은 한숨과 슬픈 듯 웃는 소리가 어렴풋이 뒤섞인 목소리였다. 마치 '그 질문을 할 줄 알았어'라고 말하는 것 같았다.

"교수님과 친구들은 우리 결혼을 축복해주었습니다. 하지만 형제와 친지들은 모두 반대했어요. 젊은 혈기에 일시적인 감정이 아니겠느냐, 잘 생각해보라는 말을 들었습니다. 제가 어릴 때였으니까요. 이상에 불타고 있었고……."

미츠코 씨는 연자주색 꽃이 그려진 하얀 손수건을 왼손에 꼭 쥐고 그 시절을 회상했다. 조용해진 방 창문 너머로 마을 아이들이 뛰어노는 소리가 들렸다.

귀국사업이 시작되고 제1차 선박이 니가타를 출항한 것은 마침 두 사람이 결혼을 생각하던 시기였다. 조선민주주의인민공화국은 1957년부터 매년 거액의 교육 지원금(첫해 약 2억 2160만 9,086엔)을 조선적십자회 중앙위원회를 통해 재일조선인교육회에 송금했다(『조선총련을 중심으로 한 재일조선인 통계편람 쇼와56년판』, 공안조사청, 1981). 당시 경제적으로 여유가 없던 화재 씨도 학업을 계속하기 위해 장학금 지원을 받았다. 도쿄대학에서 연구를 이어나갈 계획도 있었지만, 귀국운동의 흐름 속에서 화재 씨는 이 나라로 떠나왔다.

1960년 2월 23일, 두 사람은 하코다테 예식장에서 결혼식을 올렸다. 미츠코 씨가 막 스물한 살이 되었을 때다. 대학 교수님들의 지원으로 치른 결혼식에는 50명 정도가 참석했다. 이날 미츠코 씨는 목에 칼라가 들어간 시크한 긴 소매 웨딩드레스를 빌려 입고 머리에는 레이스 베일을 썼다. 검은 정장에 줄무늬 넥타이를 맨 화재 씨와 나란히 사진관에서 찍은 결혼사진을 지금도 소중히 간직하고 있었다.

미츠코 씨 아버지는 전 해에 돌아가셨고, 어머니와 결혼을 반대한 친척은 한 사람도 식장에 오지 않았다. 당시 경제적으로 풍요로운 재일조선인이 없는 건 아니었지만, 1950년대부터

1960년대의 대다수 재일조선인은 궁핍하게 생활했다. 화재 씨도 가난한 집안 자식이었다. 미츠코 씨 가족은 그녀가 일본인이 아닌 남성과 결혼한다는 데 반대했다.

"이곳에 온 일본인 대부분은 결혼식을 올리지 못했어요. 식을 올린 것만으로도 행복하지요. 다만 가족들의 축복을 받지 못했다는 건 지금도 생각하면 쓸쓸합니다."

미츠코 씨는 고개를 살짝 끄덕이며 말했다. 결혼식 후 미츠코 씨는 남편 가족이 사는 교토로 향했다. 겨우 한 달이긴 해도 며느리로서 조선인 남편 가족과 마지막 나날을 함께 보내기 위해서였다. 거기서 나눈 대화는 기본적으로 일본어였지만 간단한 조선어나 노래를 배웠다. 그리고 4월, 니가타로 떠나기 직전에 미츠코 씨는 마지막으로 자신이 자란 삿포로를 찾았다.

"제발 부탁이니 한 번만 더 생각해주렴. 니가타에서 배에 오르는 마지막 한 걸음 전까지……. 부디 그 결심을 바꿔다오."

삿포로역에서 니가타로 향하는 열차에 타려는 미츠코 씨에게 어머니가 울면서 한 말이다. 미츠코 씨가 인생 내내 쭉 마주해온 어머니의 기억. 어머니의 만류를 뿌리치고 열차를 탔지만, 3년 후에는 고향으로 돌아오고 그 후로도 쉽게 오갈 수 있으리라고 생각했다.

제16차 선박

도쿄 국회도서관 신관 4층에는 신문 자료실이 있다. 입구 바로 옆 마이크로필름 열람 부스에서 나는 어느 신문 지면을 찾았다. 미츠코 씨가 승선한 1960년 4월 8일 귀국선이 니가타를 어떻게 떠나갔는지 확인하기 위해서였다.

그 시절 「니가타일보」는 35밀리미터 롤필름 형태로 축소되어 보관 중이었다. 나는 손바닥만 한 크기의 상자 안에 든 필름의 첫머리 20센티미터가량을 펼쳐 열람대 리더기에 올렸다. 그다음 스위치를 눌러 열람대를 켜고 필름을 빛에 투과시켜 확대했다. 지면 위치와 초점을 조정하며 기사를 확인했다. 잇달아 나오는 기사에는 그 시대를 느낄 수 있는 대단히 흥미로운 내용이 많았다.

4월 8일 신문 3면 좌측 상단에 '귀국자 행방불명 어제 일본 적십자센터에서'라는 기사가 있었다. 귀국사업 제16차 선박에 오르기 위해 4월 5일 니가타적십자센터에 들어온 106명 가운데 한 사람, 도쿄 토시마에서 온 스물한 살 청년 김 씨가 행방불명되었다는 내용이었다.

다음 날인 9일 신문 지면에는 '제16차 선박 출항'이라는 기사가 작게 실려 있었다. 귀국자 311세대 1,058명이 출항했다는 내용이었다. 이어 '무단으로 귀경한 행방불명 김 씨'라는 기사에 7일 행방불명된 김 씨가 도쿄로 돌아왔으며, 그 때문에 마흔일곱 살 아버지도 승선하지 못했다고 적혀 있었다. 미츠코 씨와 같은 나이였던 이 청년은 그 후 어떤 인생을 보냈을까. 그대로 일본에 남았을까 아니면 제17차 선박 이후의 배에 올라 떠났을까.

기사 우측에 실린 '귀국자의 소망을 담아 센터에 기념식수'라는 기사도 눈에 띄었다. 일본적십자사 구호 소장과 귀국자 대표에 의해 식수가 이루어졌다.

"출항에 앞서 귀국자 일동은 일본 적십자센터 내에 복사나무와 장미 묘목 기념식수를 거행했다. 일본 적십자센터에서 2박 3일 신세를 진 데 대한 감사와 복사나무가 잘 자라 아름다운 열매를 맺을 무렵에는 북한과 일본 사이를 자유롭게 오갈 수 있기를 바라는 소망을 담았다. (중략) 복숭아와 장미가 일본과 북한의 친교와 우호의 상징이 되길 바라는 마음으로 물을 주었다. 구호 소장도 귀국자의 선의와 우호의 식수에 감격하여 귀국자의 바람이 결실을 맺기를 바라며 소중히 기르겠다고 말했다."

자유롭게 오갈 수 있기를 바라는 마음. 미츠코 씨가 품었던 그 마음은 지금도 변함없다.

어머니 생각

4월 8일 출항하는 날, 봄이라고 해도 이날 최저기온은 3도로 아직 추웠다. 미츠코 씨는 무슨 생각을 하며 일본을 떠났을까. 내가 "선실 창문으로 멀어지는 니가타 풍경을 보진 않으셨나요?"라고 묻자 "후후후, 극적인 장면을 상상하시는군요"라며 말을 이어갔다

"처음엔 안 그랬어요. 어느 방인지 몰라서 배 안을 이리저리

왔다 갔다……."

출항 시간이 되어서야 두 사람은 겨우 방을 찾아 자리에 앉았다. 둥근 창문 너머로 이쪽을 향해 손을 흔드는 수많은 사람이 눈에 들어왔다. 이윽고 배가 움직이고 그들의 모습이 작아지자 네모난 콘크리트 건물과 창고 같은 살풍경한 정경이 펼쳐졌다. 특별히 어떤 감정을 불러일으키는 광경은 아니었다.

"그래도 감회가 남다르긴 했어요."

미츠코 씨는 말했다. 그 풍경을 언제까지고 바라보았다고. 이때 첫째를 임신 중이던 미츠코 씨는 청진까지 가는 동안 극심한 뱃멀미와 입덧으로 고생했다. 배에서는 물론이고 귀국자가 맨 처음 며칠을 보내는 청진 숙소에서도 거의 누워만 있었다.

"몸도 안 좋고 조선말도 할 줄 모르고. 아무것도 모르니까 거기 그냥 가만히 있을 수밖에 없었습니다."

수산학 전문가인 남편 화재 씨와 미츠코 씨는 바다를 접한 원산에 배치되었다. 그리고 미츠코 씨는 김광옥이라는 이름으로 새로운 인생을 살게 되었다. 조선 이름은 남편과 상의해서 정했다. '미츠'의 빛 광 자는 그대로 살리고 '코' 대신 '옥'을 넣어 광옥. 그래도 새로운 이름에 적응하기란 쉬운 일이 아니었다.

"2년 정도는 말이 안 통해서 사람들하고 대화도 하지 않았어요. 누굴 사귀지도 않았고요. 그러다 3년째 되던 해에 갑자기 말을 할 수 있게 되었다는 걸 실감했습니다. 그즈음부터 조선 이름으로 불리는 데 익숙해졌지요."

도항한 그해 11월에 큰딸을 출산했다. 조선 이름으로 선희라고 지었다. 니가타에서 배에 오를 때 배 속에 있던 아이였다. 당시를 미츠코 씨는 이렇게 회상했다.

"아이를 낳고 품에 안은 순간, 처음으로 엄마의 마음이 이해가 됐어요. 저는 눈앞의 행복만 좇아 자유롭게 살고자 했지만 엄만 딸인 저를 제일 먼저 생각해주셨구나 하고……. 역시 엄마와 자식의 관계, 오고 가는 감정을 생각해보니 엄마 마음도 충분히 이해가 갔어요. 그땐 아직 어려서 집에서 반대하니까 더 고집을 부렸죠."

미츠코 씨는 쥐고 있던 손수건을 몇 번이고 접었다가 다른 손에 쥐었다가 하며 창밖을 바라보았다. 큰딸을 낳고 미츠코 씨는 원산에서 첫 겨울을 맞이했다. 그때 일화를 하나 이야기해주었다. 당시엔 가루탄을 이용해 불을 피웠다. 가루탄에 점토와 물을 섞어 반죽한 뒤 불을 피우는데, 이런 방법은 일본에서 경험한 적이 없었다. 그게 제대로 안 돼서 고생했다. 방을 따뜻하게 하고 밥을 짓는 데 필요한 불을 피울 수가 없었다. 그런 난처한 상황을 이웃에 사는 귀국자 담당자가 도와주었다. 일본어를 할 줄 아는 사람이 많은 시절이었다.

1963년 큰아들을 출산한 뒤 삿포로에 사는 어머니에게 편지와 함께 아이 사진을 보냈다. 얼마 후 답장이 도착했다.

"답장에 '사진을 보고 감개무량한 기분이 들었다. 하루빨리 조선 풍토와 풍습을 익혀 훌륭한 사람이 돼라. 삿포로올림픽이

장남 철 씨가 태어난 해에 촬영한 가족사진.
남편 화재 씨와 미츠코 씨, 장녀 선희 씨, 장남 철 씨.
(1963년 9월, 원산)

열리면 부부가 같이 보러 오렴' 이렇게 쓰여 있었습니다."

미츠코 씨는 호흡을 가다듬으며 북받치는 감정을 어떻게든 다스리려 했다.

"그 편지를 보고 어떤 기분이 드셨나요?"

"글쎄요…… 정말이지 떠나버린 딸은 하는 수가 없지요. 그래도 내심 인정을 해주셨나 하는 기분이 들었습니다. 부부가 같이 오라는 말, 그곳 풍토와 풍습을 익혀 훌륭한 인간이 되라는 말이 그런 뜻이 아닌가 싶었습니다."

조금 침묵이 이어진 뒤 미츠코 씨는 조용히 덧붙였다.

"이런 과거 이야기 하는 건 정말 싫어요……."

그때 나는 타키코 씨(제1장)의 따님 키미코 씨가 했던 말이 떠올랐다.

"당신이 이렇게 엄마에게 옛일을 묻잖아요. 그러면 약간 신경에 자극을 받으세요. 옛일을 기억하면 마음이 아프니까요."

50년도 더 전에 일본에서 온 편지를 지금도 기억한다. 얼마나 많이 읽고 또 읽었을까. 엄마와 직접 말할 수는 없지만 편지에 담긴 엄마의 마음을 미츠코 씨는 나름대로 이해하며 과거와 마주하는 방법을 찾아왔는지도 모른다. 미츠코 씨는 분명 지금으로부터 몇십 년 전에 어쩌면 평생 일본에 갈 수 없을 거라고 깨달았는지도 모른다. 그때 느낀 절망감은 우리의 상상을 초월하리라. 그 현실을 인생의 어떤 시기에 나름대로 받아들이고 살아왔으리라.

힘닿는 대로

남편 화재 씨는 곧바로 원산수산연구소에서 일했다. 화재 씨
는 당시 30대 중반. 아직 젊었지만 일본에서 익힌 지식이 풍부
했기에 주위의 질투도 있었다. 그래서 더 잘해야 한다며 열심히
일을 했다. 미츠코 씨도 그런 남편을 최선을 다해 돕기로 마음
먹었다. 화재 씨는 어업학, 생태학, 수산자원학, 발생학 등 수산
에 관한 여러 연구에 몰두했다. 일 때문에 바다로 나가는 일도
많았다. 일본 근처까지 갔다 왔을 때는 집에 와서 미츠코 씨에
게 이런 말을 하기도 했다.

"바다에서 이쪽은 홋카이도, 이쪽은 아오모리일까, 하고 생각
했어."

미츠코 씨는 건너온 해 11월에 큰딸을, 1963년에 큰아들 철
씨, 1967년에 둘째 아들 철성 씨, 1971년에 둘째 딸 희영 씨를
낳았다. 네 아이를 키우며 가끔 봉재일도 했지만, 홋카이도대학
에서 수산학을 공부한 미츠코 씨도 자료나 분헌을 수집하는 등
집에서 힘닿는 대로 남편 일을 거들었다. 화재 씨는 수산 관련
서적을 열세 권 출판했다. 그 안에 실린 어패류 그림과 그래프
는 대부분 미츠코 씨가 그렸다. 1960년대부터 1980년대에 걸쳐
미츠코 씨는 가정을 지키며 남편을 도왔다.

"일반적으로 조선 사람들은 무척 친절해요. 자기 일뿐만 아
니라 남의 일까지 친절하게 도와줍니다. 하지만 한편 조금 힘든
부분도 있어요. 의지가 아주 강합니다. 단결력도 강하고."

아이들이 다니는 학교 선생님과 학부모, 이웃이나 남편 직장 동료 등 다양한 사람과 교류해온 미츠코 씨는 이 나라 사람들을 이렇게 표현했다.

일본인과의 교류

북한으로 건너간 일본인끼리 정기적으로 만나는 모임은 없었다. 가끔 개개인이 모이는 수준이었다. 그러다 1993년 무렵부터 키미코 씨 말처럼 원산에 사는 일본인 여성들이 매달 한 번 모임을 가졌다. 식사를 하거나 단체여행을 가는 등 교류가 시작되었다. 키미코 씨가 보여준 일본인 아내 단체사진을 미츠코 씨도 갖고 있었다. 사진 중앙에 찍힌 잔류 일본인 생선 가게 여주인을 미츠코 씨도 기억했지만 역시 이름은 모른다고 했다. 이 여성 외에도 잔류 일본인이 원산에 있었다고 미츠코 씨는 말한다.

이 교류회는 10년쯤 전에 자연스레 없어졌다. 고령화로 세상을 뜬 여성, 신체가 부자유해 밖으로 나갈 수 없는 여성이 늘었기 때문이다. 1993년 이전 원산에 일본인이 몇 명이나 있었는지 알 순 없어도 1993년 원산시에는 43명의 일본인 아내가 있었다. 2018년 11월 현재는 미츠코 씨를 포함해 겨우 4명이 남았다.

37년 만에 고향으로

1997년 11월, 미츠코 씨는 제1차 일본인 아내 고향방문사업으로 일본을 찾았다. 37년 만의 일시 귀국이었다. 6박 7일 일정이었지만 고향 삿포로에서 지인을 만날 수 있는 시간은 3일 정도밖에 없었다. 공항에 내린 순간, 수많은 미디어 관계자가 달려들었다.

"일본에 도착해 공항을 걷는데, '미나카와 씨!' 하고 누가 말을 걸었습니다. 그쪽을 살짝 돌아보았을 때, 사진이 찍혔어요. 그때는 긴장해서 자연스러운 대응이 어려웠습니다. 지금이라면 괜찮았을 텐데요."

그녀는 이렇게 말하며 웃었다. 1997년 11월 9일 「홋카이도신문」에 '나리타공항에 도착한 김광옥 씨'라는 설명과 함께 플래시 세례를 받으며 미츠코 씨가 공항을 걷는 사진이 실려 있었다. 그날, 세 살 아래 미츠코 씨 남동생이 도쿄까지 데리러 와주었다. 37년 만에 다시 만난 남동생은 마치 일본을 떠나기 전 이미 돌아가신 아버지가 돌아오셨나 싶을 정도로 아버지를 쏙 빼닮아 있었다.

그 후 성묘를 위해 삿포로로 향했다. 어머니는 1990년 여든네 살에 돌아가셨다. 미츠코 씨는 어머니와 다시 만날 날을 얼마나 기다렸을까. 삿포로역에서 어머니와 헤어질 때, 어머니를 이런 식으로 다시 뵙게 되리라고는 상상도 하지 못했다. 앞으로 두 번 다시 볼 수 없다는 걸 알았더라도 어머니의 만류를 뿌리쳤을까. 그러나 시간은 돌아오지 않는다. 비석 앞에 서서 잃어버린 시간의 무게를 실감하지 않을 수 없었으리라.

"무덤 앞에서 어머니에게 무슨 말씀을 하셨나요?"

미츠코 씨는 숨을 내쉬듯 살짝 웃은 뒤 한숨을 쉬며 얼굴을 반쯤 창 쪽으로 돌렸다. 창문에서 쏟아지는 빛이 미츠코 씨의 옆얼굴을 비추는 순간, 먼 곳을 응시하던 미츠코 씨의 슬픈 표정을 잊을 수가 없다. 입가가 살짝 움직이나 싶더니 다시 닫히며 또 밖을 바라보았다. 그 시간이 무척이나 길게 느껴졌다. 20초쯤 침묵이 이어졌다. 미츠코 씨의 시선은 그저 바다 쪽을 향해 있었다. 그리고 천천히 입술을 움직였다.

"마음속으로 '늦었지만 엄마 딸이 왔습니다'라고 말했습니다."

미츠코 씨의 눈가에 눈물이 글썽였다. 다시 창문으로 시선을 돌리더니 한동안 침묵이 이어졌다. 고양이 미미의 울음소리만 방 안에 울렸다.

"생전에 만날 거라고, 몇 년 지나면 금방 만날 거라고 생각했어요. 결국 돌아가실 때까지 뵙지 못했으니까. 마음속으로 용서를 빌었습니다. 딸이니까요."

손에 쥐고 있던 손수건을 몇 번이나 눈가로 가져가며 창밖을 보았다. 그러다 앉아 있던 소파에 천천히 등을 기대고 날 바라보며 쓸쓸하게 웃었다.

"지나간 이야기를 하니 역시 눈물이 나네요."

살아생전에 어머니와 편지도 아무 때나 주고받을 수 있는 건 아니었다. 몇 년에 한 번쯤이었다. 미츠코 씨의 앨범에는 일본에서 온 어머니 사진도 있었다. 그 사진 근처에는 일본에서 보내온 신문인지, 지면 일부를 가위로 오려낸 일본어 단어가 붙어 있었다. '공백', '가족의 인연', '어머니도 죽었다', '수십 년 쌓인 응어리가 서글퍼', '꿈을 꾸었다', '돌아가신 어머니의 손을 잡고'……. 분명 어머니를 향한 그리움을 표현하려 했던 것이리라. 미츠코 씨의 속마음을 알고 나니 너무나 안타까웠다. 그날 미츠코 씨와 두 시간 가까이 비디오카메라를 곁에 두고 대화를 나눴다. 방 안 공기가 무거워졌고 미츠코 씨에게 심리적 부담을 안겨드리고 말았다.

"일본에 사는 동안 조선 요리를 하기도 하셨나요?"

이상한 질문이라고 생각하면서도 그 자리의 공기를 부드럽게 하려고 물어보았다.

"없었어요. 전혀 몰랐으니까요."

이렇게 말하면서 그녀는 빙긋이 웃었다.

"여기 와서 첫 겨울에 남편에게 김치 담는 법을 배워 같이 만들었어요. 요리는 이웃 사람들이 가르쳐줬고요."

미츠코 씨가 원산에 온 지 57년, 이 거리의 모습은 상당히 많이 바뀌었다. 현재 미츠코 씨가 사는 아파트 앞에도 옛날에는 건물이 거의 없었다. 바다를 가리는 건물이 없어서 풍경이 아주 좋았고, 만경봉92호가 출항하고 입항하는 모습도 잘 보였다. 지금 이 방 창문으로는 돛대가 겨우 보일 뿐이었다.

"이리로 이사 오기 전에는 바다 근처에 살았어요. 배가 들어올 때는 친척이 오는 것도 아닌데 나가서 보기도 하고, 출항할 때는 멀리서 바라보기도 했지요."

1960년 하코다테에서 올린
결혼식 기념사진을 든 미츠코 씨.
(2016년 8월, 원산)

미츠코 씨는 배가 오가는 모습을 검지로 그리며 온화하게 말했다.

이 길은……

나는 취재 끝에 "기억하시는 일본 노래가 있습니까?"라고 물어보았다.

"잊어버렸어요. 가사를. 맞다, 가사였나요, 가시였나요?"

"가시(가사의 일본말_옮긴이)예요."

내 대답에 미츠코 씨는 "일본어도 잊어버렸네요"라며 웃었다. 맨 처음 미츠코 씨를 취재하던 때가 떠올랐다. 삿포로를 상징하는 아카시아와 시계탑이 가사에 들어간 노래를 좋아한다고 했었다.

"작년에 말씀하신 삿포로 노래, 리듬은 기억하세요?"

"기억납니다. '이 길은……', 그 노래 좋아해서 자주 불렀는데 벌써 가사도 잊어버렸네요."

그러면서 "불러볼까요?" 하며 나를 봤다. 창문으로 까치 우는 소리가 들렸다. 조선에서는 까치가 인간의 마음을 전하는 길조라고 한다. 미츠코 씨는 가볍게 호흡하며 숨을 가다듬더니 먼 곳을 바라보며 노래를 불렀다.

"이 길은 언젠가 왔던 길, 아아, 그래요, 아카시아꽃이 피었어요. 저 언덕은 언젠가 봤던 언덕, 아아, 그래요, 하얀 시계탑이에요."

2절을 불렀을 때 목소리가 떨리며 눈물이 쏟아졌다.

"안 되겠네요……."

미츠코 씨는 손수건으로 눈가를 훔쳤다. 그래도 다음 가사는 계속 말로 이어갔다.

"3절은 '저 구름은 언젠가 봤던 구름, 아아, 그래요, 산사나무 가지에 걸렸네요.' 4절은 '이 길은 언젠가 왔던 길, 아아, 그래요, 엄마하고 마차를 타고 왔어요.' 이런 노래입니다."

눈물을 닦으며 웃음 짓고는 내게 말했다.

"좋은 노래지요?"

기타하라 하쿠슈 작사에 야마다 코사쿠 작곡의 동요 〈이 길〉. 실은 3절과 4절의 가사가 바뀌었지만 미츠코 씨가 고향을 생각하는 마음이 실린 아름다운 노래였다. 어느새 해가 저물었다.

"삿포로는 여기하고 기후가 같아요. 이곳 창문에서 보면 산에 아카시아가 많이 보여요. 5월이면 꽃이 활짝 핀답니다. 그 시기에는 아카시아 꽃향기가 창문을 넘어 들어옵니다. 그러면 고향 생각이 많이 나요."

미츠코 씨는 헤어지면서 이야기했다.

"건강하세요. 나도 건강할 테니. 나이를 먹으면 내일을 예측할 수가 없어요. 사희수(이데 타키코) 씨도 그렇고. 무슨 일이 일어날지 몰라요. 그러나 또 들러주세요."

같은 원산 시내에 살던 타키코 씨가 작년에 돌아가셨다는 건 물론 미츠코 씨도 잘 알고 있었다. 미츠코 씨는 이어서 말했다.

"좋은 작업을 해주세요."

"미츠코 씨도 건강하세요. 다음에 만날 때까지."

인사말을 건네자 그녀가 갑자기 불안한 표정으로 물었다.

"다음에는 언제쯤 오실 계획인가요?"

서로의 손을 잡고 있었다. 그 순간, 뭐라고 대답해야 할지 몰라 나는 당황했다. '다음에 만날 때까지'라고는 했지만 다음에 언제 올 수 있을지 그 시점에서는 알지 못했기 때문이다. 2017년 한반도 정세가 긴박해지는 가운데 앞으로 상황이 어떻게 변할지 몰랐다. 그에 따라 국교가 없는 이 나라에 언제 올 수 있을지 구체적으로 단언할 수 없었다. 그래도 언제 올지 모르겠다는 말은 하고 싶지 않았기에 이렇게 말할 수밖에 없었다.

"내년 안에는……. 사실은 두 달에 한 번 정도 오고 싶지만요. 반드시 또 오겠습니다."

"그래요. 꼭 다시 만나요. 즐겁게 기다릴 테니까."

잡은 내 손을 미츠코 씨가 더 세게 꼭 쥐었다.

평양에서의 재회

2018년 6월 8일, 싱가포르에서 예정된 첫 북미정상회담 4일 전. 나는 평양호텔 5층 엘리베이터 앞에서 1년 2개월 만에 다시 만나는 미츠코 씨를 기다리고 있었다. 10분쯤 지나자 엘리베이터 안에서 연두색 블라우스에 갈색 스커트 차림의 미츠코 씨가 나타났다.

"오랜만입니다, 건강하셨습니까?"

미츠코 씨는 웃는 얼굴로 손을 뻗어 악수를 했다. 우리는 손을 잡은 채 복도를 걸어 방으로 들어왔다. 평양에서 백내장 수술을 받기 위해 평양에 사는 둘째 딸 희영 씨 집에 머무르고 있다고 했다. 왼쪽 눈은 작년에, 오른쪽 눈은 최근에 안 좋아졌다고. 수술 직후라 경과도 봐야 했기에 이번에는 간단히 대화를 나누기로 했다. 미츠코 씨의 자녀 넷 가운데 원산에서 사는 건 미츠코 씨와 함께 사는 큰딸 선희 씨뿐, 밑의 동생들은 모두 평양에 산다. 두 아들은 평양 국가과학원에서 근무하고, 희영 씨는 건설 분야 전문가라고 한다.

미츠코 씨는 집이 아니라 평양호텔에서 만난 탓인지 조금 긴장한 듯 보였다. 원산에서 평양까지 택시로 왔다고 했다. 요즘에 도시와 도시를 잇는 장거리 택시가 생겼고, 원산 시내 입구에도 택시 승강장이 있었다. 5인 택시뿐만 아니라 15인용 봉고차 지붕에도 'Taxi'라고 쓰여 있는데, 평양과 원산, 함흥을 오갈 때 그런 택시를 쉽게 볼 수 있었다. 원산에서 평양까지는 열차가 당연히 저렴하지만, 열 시간 이상 걸리기도 하고 이번에는 몸도 안 좋아서 택시를 이용했다.

"평양에서 사시니 어떠세요?"

"난 아무래도 원산이 좋아요. 오래 살아서 익숙하고."

미츠코 씨에 따르면 최근 1년 동안의 변화라면 고양이 미미가 대장염에 걸려 몇 달 전에 죽은 일이라고 했다. 우리는 2018년 들어 평창올림픽과 남북정상회담으로 한반도 정세가 크게 변한 이야기를 나눴다.

트럼프 대통령과 김정은 위원장의 북미정상회담을 앞두고, 내가 머무는 호텔 텔레비전에서도 연일 싱가포르 회담장 뉴스가 흘러나왔다. 호텔에서 해외 미디어 보도를 볼 수 있는 건 주로 외국인에 한정되었다. 조선중앙통신이 북미정상회담을 처음 보도한 것은 회담 전날인 11일이었다. 이 시점에서 미츠코 씨는 북미정상회담이 열린다는 사실을 아직 알지 못했을지도 모른다.

내가 "작년에는 한반도 정세가 긴박했는데 올해 들어 바뀌었습니다" 하고 말을 꺼내자 미츠코 씨는 "남측과 교류가 활발해져서 일본하고도 그런 분위기가 되면 좋겠다고 생각했습니다. 미국이 어떻게 나올지, 그에 따라 일본도 바뀌겠지요"라고 말했다. 내가 "다음 주에 북미정상회담이 열릴 예정이에요"라고 말하자 미츠코 씨는 무슨 생각을 하는지 잠시 뜸을 들이다 이야기했다.

"아무튼 모두 다 사이가 좋아지면 얼마나 좋을까……. 죽기 전에 한 번은 일본에 가고 싶어요."

미츠코 씨의 솔직하고 간절한 바람이었다.

고향 삿포로 사진

이날 나는 2주일 전에 미츠코 씨의 고향 삿포로에 들러 촬영한 사진을 갖고 왔다. 미츠코 씨가 어릴 때 놀던 홋카이도신궁, 마루야마공원 벚나무, 홋카이도대학 식물원 사진 등이었다.

花見によう行った 円山公園の サクラ

花よりだんご

삿포로 마루야마공원에 핀 벚꽃 사진.
미츠코 씨가 일본어로 옆에 '꽃을 보러 자주 갔던 마루야마공원 벚꽃',
아래에 '꽃보다 단고'라고 쓰고 그림을 그렸다.
(2018년 5월, 홋카이도)

"삿포로 사진이 있어요? 그건 꼭 봐야지!"

그날 미츠코 씨가 가장 활짝 웃은 순간이었다. 테이블 위에 사진을 펼쳐 놓자 인화한 사진을 하나하나 두 손으로 들어 올리며 신중히 들여다보기 시작했다.

"이건 삿포로신사 삼나무. 이건 마루야마공원 천엽벚나무네. 이건 역에서 찍은 삿포로 중심부고."

시계탑 사진을 본 순간 "앗, 이거 아카시아네요?"라며 가리킨 건 삿포로 시계탑 앞에 크게 자란 나무의 파릇파릇한 잎이었다. 아직 계절이 일러 꽃은 피지 않았다. 그래도 "이건 아카시아네요"라고 확신하며 그리운 듯이 바라보았다.

또 "아아, 좋네요, 저 이런 사진 좋아해요"라며 손에 든 것은 삿포로동물원에서 찍은 사진이었다. 얼핏 본 것만으로는 삿포로 어디서 촬영했는지 바로 알 수 없었다. 특별히 예쁜 사진도 화려한 장면을 찍은 사진도 혹은 어떤 의미를 담기 위해 찍은 사진도 아니었다. 내가 무의식적으로 그 자리에 서서 무언가에 이끌리듯 촬영한 것처럼 미츠코 씨도 사진 속에서 무언가를 느꼈던 것이리라. 미츠코 씨의 그런 감성을 자극한 듯해 기뻤다. 나는 그 사진을 미츠코 씨에게 건넸다.

원산 해안

"유언대로 남편 유해는 원산 앞바다에 뿌렸습니다. 바다에서 일을 하고, 바다를 사랑한 사람이었으니까요."

평양호텔에서 만난 지 5개월 만인 2018년 11월 13일, 나는 미츠코 씨와 함께 원산시 북부에 위치한 송수원해수욕장 백사장에서 고요한 바다를 바라보고 있었다. 맨 처음 미츠코 씨를 만난 2년 반 전, 원산에서 제일 좋아하는 장소라고 말했던 해안이었다. 며칠 전까지만 해도 각지에서 볼 수 있던 노란 은행잎도 거의 다 지고 없었다. 겨울로 접어드는 지금, 한여름과는 완전히 달라진 해변은 한적해서 모래사장으로 밀려드는 파도 소리만이 귓가에 울렸다.

부드러운 모래사장은 걷기 힘들다. 미츠코 씨의 손을 잡고 옆에서 버티고 있는 건 큰딸 선희 씨. 올해로 쉰여덟 살이었다. 일본어가 유창하지는 않지만 나와 미츠코 씨의 대화를 이해할 수는 있었다. 스물한 살이던 미츠코 씨가 니가타를 출항했을 때 배 속에 있던 아이다. 현재는 해안가의 명사십리식당 책임자다. 딸의 손과 팔을 꼭 잡고 걷는 미츠코 씨와 고령의 어머니 곁에서 걷는 선희 씨를 바라보며 미츠코 씨가 이 나라에서 살아온 세월의 길이를 느꼈다.

미츠코 씨의 남편 화재 씨는 2014년 2월에 뇌출혈로 돌아가셨다. 예순에 정년퇴직을 한 후에도 수산연구소 후배들의 일을 도왔다고 한다. 남편은 미츠코 씨를 쭉 '밋코'라고 불렀다. 미츠코의 '츠'를 작게 발음해 그렇게 불렀다고 했다. 모래사장 옆으로 난 솔숲을 걸으며 내가 미츠코 씨에게 물었다.

"남편분이 유해를 바다에 뿌려달라고 하신 건 바다에 추억도

자택 부엌에서
감을 깎는 미츠코 씨.
(2018년 11월, 원산)

있고 친족이 사는 일본 또 부모님 산소가 있는 남해도와 이어진다는 의미도 있는 걸까요?"

"그래요……. 그런 의미도 있을 수 있겠네요."

미츠코 씨는 조용히 대답하고는 가방에서 엽서를 꺼냈다.

"이거, 소중히 간직하고 있어요. 일본에서 엽서가 오니 정말로 기쁘더군요."

내가 지난번 만난 뒤 8월 9일에 일본에서 보낸 엽서였다. 9월 5일, 약 한 달이 걸려 미츠코 씨 집에 도착했다. 우체국에서 추적 서비스를 신청했지만, 중국에서 나간 기록이 확인되지 않아 미츠코 씨에게 전달되지 않았으리라고 생각하고 있었다. 내가 보낸 엽서는 일본 여름의 풍물시인 '풍령'과 '어항'과 '나팔꽃' 그림이 입체적으로 붙었고 여기저기 스팽글도 달려 있었다.

"일본에서 입체적인 엽서가 유행하나 싶었답니다."

엽서에는 당시 아흔일곱 살이던 나의 할머니 근황 따위가 적혀 있었다. 지난번 만났을 때, 미츠코 씨에게 내 이야기를 하지 않았음을 깨달았다. 나는 미츠코 씨의 가족 이야기, 어린 시절 이야기, 남편과 만난 이야기 등을 자세히 묻고 또 물었으면서 말이다. 내가 어떤 어린 시절을 거쳐, 일본에서 어떤 친구들을 만나고, 달리 또 어떤 취재를 하는지 미츠코 씨에게 이야기할 필요가 있는 게 아닐까 하고 느꼈다.

호텔 창밖으로 보이는 원산 시내.
(2018년 11월, 원산)

일본을 향한 관심

이번 방문 때는 이틀에 걸쳐 미츠코 씨의 이야기를 들었다. 깔끔하게 정돈된 자택은 작년과 크게 다르지 않았지만, 2년 전 거실 벽에 걸려 있던 원숭이 인형이 안방 벽에 걸려 있었다.

"이 원숭이 기억하지요?"

미츠코 씨는 그 인형을 가리키며 내 쪽을 보았다. 미츠코 씨는 매일 아침 7시에서 8시 사이에 일어나 밤 11시께 잠이 든다고 했다. 지금은 집에서 독서하는 시간을 좋아한다고. 그날 미츠코 씨가 손에 든 책은 프랑스 작가 알렉상드르 뒤마의 소설 『몽테크리스토 백작』 조선어 번역본이었다. 두꺼운 책이었다. 19세기 중반 출판된 이 책은 누명을 쓰고 외딴 섬 감옥에 갇힌 젊은 선원 에드몽 단테스가 주인공인 이야기다. 14년 후 탈옥에 성공한 그는 몽테크리스토섬의 금은보화를 손에 넣고 일찍이 자신을 나락에 빠뜨린 자들에게 복수해나간다. 니가타를 출항했을 땐 조선어를 전혀 할 줄 모르던 미츠코 씨가 지금은 한글을 술술 읽었다.

미츠코 씨는 현재 일본의 상황에도 관심을 잃지 않았다. 미츠코 씨와 테이블을 사이에 두고 마주 앉아 원산 감을 먹으며 일본에 관해 이야기했다. 일본의 국제결혼 현상 혹은 나의 할머니가 살던 특별요양원 시스템 등등. 그해가 일본인 브라질 이민 110주년이라는 점, 그 행사를 위해 일본 황족이 브라질을 방문한 데까지 이어졌다. 바뀐 연호와 천황 퇴위에 관해서도 대화를 나눴다.

"천황은 지금도 같은 천황입니까?"

미츠코 씨는 내게 물었다.

"네. 하지만 살아생전 퇴위할 수 있게 되어서 내년에 바뀐답니다. 올해는 헤이세이 30년인데 내년부터 새로운 원호로 바뀝니다."

"올해가 30년이군요."

감회가 깊은 듯 고개를 끄덕였다. 미츠코 씨가 일본을 떠난 건 1960년. 미치코 왕비가 황실로 시집간 이듬해다. 도쿄올림픽 (1964년)과 삿포로올림픽(1972년), 홋카이도와 아오모리를 잇는 아오다테터널 개통(1988년), 쇼와에서 헤이세이로 연호가 바뀐 것(1989년) 등 미츠코 씨는 동시대 일본인이 각각의 시대 상징으로 기억하는 일들을 경험하지 못했다. 1960년부터 지금까지 일본 사회가 어떻게 바뀌어왔는지, 가족과 편지를 주고받으며 혹은 원산을 찾은 재일조선인한테서 들은 적이 있을지도 모른다. 누군가에게 근황을 전해 들으며 일본의 현재를 상상해왔을까. 나는 이런 생각을 하며 미츠코 씨에게 말했다.

"2년 후 열리는 도쿄올림픽에는 미츠코 씨도 올 수 있으면 좋겠네요."

"네? 일본에서 올림픽이 열리는군요!"

미츠코 씨는 두 손으로 가슴께를 가볍게 두드리며 기쁜 듯 대답했다. 한순간 표정에서 빛이 났다.

"네. 2020년에 도쿄에서 하계올림픽이 개최됩니다."

도쿄에서 올림픽이 열린다는 사실을 지금 처음 들은 모양이었다. 미츠코 씨는 얼마나 일본을 그리워했을까. 분명 내가 상상하는 그 이상이리라. 긴박한 북일 관계를 생각하면 "일본에 올 수 있으면 좋겠네요" 같은 말을 가볍게 해선 안 된다는 것도 잘 안다. 그래도 눈앞에 앉아 대화를 나누면 언제든 쉽게 만날 수 있을 것 같은 기분이 든다. "올 수 있으면 좋겠네요"라는 말이 자연스럽게 입에서 나온다. 그 직후 미츠코 씨는 이렇게 중얼거렸다.

"아, 응원단이라도 좋으니 일본에 가고 싶네……."

두 번째 고향 방문은 포기해야 한다고 몇 번이나 자신에게 말했을지도 모른다. 감정만으로는 정치가 움직이지 않는다. 하물며 복잡한 배경을 가진 북일 간 문제가 산더미처럼 쌓인 마당에 일본인 아내들이 고향을 방문하려면 다양한 정치적 조건이 붙을 터다. 그래도 죽기 전에 한 번이라도 좋으니 고향에 가고 싶다는 순수한 마음이 이루어지기를, 꼭 이루어지길 나는 진심으로 바란다.

"20대부터 70대까지 이 나라에 살면서 어느 때 행복을 느꼈고, 어느 때 괴로움을 느꼈는지 다시 여쭤봐도 될까요?"

"글쎄요…… 아이들과 남편 덕분에 행복하기도 하고 불행하기도 했어요. 그런 거겠죠."

미츠코 씨는 진심으로 대답했다. 고생한 일이나 슬픔에 젖은 일은 셀 수 없이 많았으리라. 그리고 그와 비슷하게 행복을 느낀 순간, 데굴데굴 구를 정도로 웃음이 멎지 않은 때도 분명 있었으리라. 언제 행복했고 언제 불행했는지, 자신의 인생을 돌아보며 단순히 한마디로 표현할 수 없는 건 당연하다. 바다 건너 일본에 사는 어머니와 가족을 생각하면 견딜 수 없을 만큼 괴로웠을 테고, 특히 어머니를 힘들게 했다는 자책감이 미츠코 씨를 한없이 꾸짖었을 터다.

그런 가운데서도 아이가 태어나면 미츠코 씨의 말처럼 아이를 중심으로 살아가게 된다. 새로 꾸린 가족과의 생활을 지켜야 한다는 마음이 무엇보다 우선시 되었으리라. 지난 60년, 문득 옛일을 떠올리며 어찌할 수 없는 감상에 젖으면서도 다음 순간 아이들에게 눈을 돌리면 아이들이 활짝 웃으며 미츠코 씨에게 달려오는 일도 있었으리라. 가족들과 함께한 긴 시간 동안 아이들은 성장하고, 결혼하고, 이윽고 손자 손녀가 태어나고, 남편은 죽고 그렇게 세월이 흐른다. 미츠코 씨가 내게 했던 말이 잊히지 않는다.

"남편을 따라 이곳에 온 건 남편을 위해서였으니까. 그래서 이 사회에서 반드시 남편을 성공시켜 보이겠다고 다짐하며 살아왔습니다. 그러니 남편이 사회적으로 성공했다는 점, 자기 업적을 남겼다는 점 그런 것에 행복을 느꼈습니다."

내가 아는 미츠코 씨의 인간성과 완전히 합체된 느낌이었다. 미츠코 씨의 각오와 강인함이 절절히 전해졌다. 스물한 살에 원산에 온 뒤로 다양한 감정에 흔들리면서도 그 마음만은 결코 흔들리지 않고, 흔들려서는 안 된다고 생각하며 살아왔는지도 모른다. 그 마음으로 가족을 지키고 결코 자기 자신을 잃지 않고 굳건하게 살아온 것이리라.

원산 점심 모임

이튿날 나는 원산 바다 근처 식당에서 미츠코 씨와 따님 선희 씨 그리고 같은 시내에 사는 고故 이데 타키코 씨의 따님 키미코 씨와 손자 광민 씨와 함께 점심을 했다. 이 점심 모임은 일전에 내가 미츠코 씨 댁에서 갑자기 떠올린 생각이었다. 지난 2년 반 동안 따로따로 만나왔기에 다 같이 만나는 건 처음이었다.

미츠코 씨와 키미코 씨의 어머니 타키코 씨는 원산에 온 1960년대부터 쭉 친하게 지냈다. 미츠코 씨가 원산에서 가장 친하게 지낸 일본인 여성이 열두 살 많은 타키코 씨였다. 키미코 씨는 미츠코 씨를 '언니'라고 불렀다. "언니 노래 잘하잖아요, 불러줘요"라고 밝게 말하자 미츠코 씨는 "아니, 무슨, 못 불러"라며 부끄러워했다. 이야기는 20년 전쯤 원산에 문을 연 우동 가게로 흘러갔다. "그때 여기 사는 일본인들이 초대되어 개점 전에 우동을 먹으러 갔지요"라고 키미코 씨가 말하자 "나는 안 갔는데"라며 미츠코 씨가 대답했다. 그런 이야기는 처음 들었다고 했다.

"그때 없었어? 초대했는데. 못 들었어? 우리 엄마는 신이 나서 먹으러 갔어. 다른 일본 사람도. 지금도 기억이 생생해.”

그 우동 가게는 이미 폐점했다는 사소한 일화였지만 내게는 신선했다. 1961년 여덟 살에 원산에 와서 당시 20대였던 미츠코 씨를 봤을 때 무척이나 예쁜 언니라고 생각했던 것을 키미코 씨는 지금도 기억했다. 그 후 약 60년, 두 사람이 겪어온 기억을 나는 어디까지 표현할 수 있을까. 나는 앞에 있는 물수건으로 입가를 닦으며 옆에 앉은 미츠코 씨에게 속삭였다.

“제가 미츠코 씨 인생을 글로 잘 전달할 수 있을지 모르겠어요. 미츠코 씨가 어떻게 살아왔는지 옆에서 쭉 지켜본 사람이 아니니까요. 분명 말로 다 할 수 없는 기억도 있을 겁니다. 모든 걸 다 쓸 수는 없겠지만 제가 느낀 미츠코 씨의 인성과 생각은 제대로 전하고 싶습니다.”

“고맙습니다.”

미츠코 씨는 조용히 대답했다. 그리고 눈에서 살짝 흐르는 눈물을 손수건으로 닦았다. 어느덧 식당에서 세 시간이 흘렀다. 헤어질 때, 나는 두 사람의 손을 잡았다. 그러자 키미코 씨도 미츠코 씨의 손을 잡고 웃으며 일본말로 말했다.

“언니, 종종 우리 집에도 놀러 와요.”

화재 씨의 친형

2주 후인 2018년 11월 말 오후, 나는 교토 난탄 시내 작은 카페 제일 안쪽 자리에 앉아 있었다. 2014년 세상을 뜬 미츠코 씨 남편 최화재 씨의 친형을 만나기 위해서였다. 이제껏 미츠코 씨를 만날 적마다 몇 번이나 들어왔던 남편과의 추억. 미츠코 씨와 화재 씨를 직접 아는 형을 만나는 게 기쁘면서도 긴장됐다. 문이 열렸다. 가게 안으로 들어온 사람은 목에 가는 목도리를 두르고 넉넉한 트레이닝복을 입은 마른 남성이었다. 눈이 마주치자마자 남성은 두 손을 내밀고 말을 건넸다.

"여기까지 잘 오셨습니다."

조선 이름은 최화일 씨, 여든여섯 살.

"일본 이름으로 부르는 게 좋을까요? 최 씨라고 부르는 게 좋을까요?"

"하하하, 어느 쪽이든 상관없어요. 제 일본 이름은 60년대 배우 미후네 토시로를 좋아해 토시로라고 지었습니다."

무척 상냥한 분이었다. 첫 만남이라고는 생각할 수 없을 만큼 친근감이 넘치는 서글서글한 분이었다. 나는 미츠코 씨로부터 화재 씨가 2014년에 돌아가셨음을 전해달라는 부탁을 받았다. 그것이 여기 온 첫 번째 이유였다. 미츠코 씨는 남편의 죽음을 전하려고 편지를 보냈는데, 일본에 잘 전해졌는지 알 수 없다고 했다. 미츠코 씨가 전해준 메모지를 꺼내며 화재 씨가 돌아가셨다는 사실을 알렸다.

"아, 그렇습니까……."

최 씨의 어깨가 힘없이 축 처졌다. 어금니를 물었다.

"동생이 살았는지 죽었는지, 오늘 틀림없이 알게 되리라 각오하고 있었습니다. 확률은 반반이라고 생각했어요."

화재 씨의 유언대로 유해를 바다에 뿌렸다고 하자 최 씨는 "그렇습니까, 그랬군요. 교토도 같은 바다에 접하니 만나러 갈 수 있습니다" 하면서 "동생의 유지를 이루어줘서 미츠코 씨, 고맙네요"라는 말을 했다.

1910년에 태어난 최 씨의 아버지가 일본에 건너온 건 1926년, 열여섯 살 때였다. 그 후 한 번 고향 남해도로 돌아가 결혼하고 다시 부부가 일본으로 온 것이 1933년. 가족은 가난해서 일용품 판매 외에도 탁주 같은 술을 집에서 만들어 팔기도 했다. 탁주 찌꺼기는 집에서 기르는 돼지 사료로 썼다. 당시 생활이 어려운 재일조선인 중에는 밀주를 제조해 생계를 이어가는 경우가 많았다. 최 씨 가족은 다행히 적발을 피할 수 있었다. 그렇게 험난한 경제 환경 속에서 화재 씨는 자랐다. 최 씨는 동생 화재 씨가 홋카이도대학에 입학했을 때, 같이 열차를 타고 홋카이도까지 가기도 했다.

"이유는 모르겠지만 동생은 고등학생 시절부터 수산학을 공부하고 싶어 했어요."

미츠코 씨는 화재 씨와 하코다테에서 결혼한 후 한 달 정도 교토의 남편 집에 살았다. 최 씨는 물론 그때를 기억했다.

"아주 아름다운 여성이었습니다. 기민하고 말투도 품위가 느껴졌어요. 제 어머니는 늘 미츠코 씨를 훌륭한 여성이라고 말했습니다. 원래 집안도 좋고 자란 환경도 좋은 아가씨였는데 열심히 조선인 가정에 적응하려고 했어요. 정말로 총명한 여성이라고 항상 말했습니다."

실은 형 최 씨도 귀국사업으로 도항할 예정이었다. 그러나 동생의 계획을 알고 부모님을 남겨둔 채 형제 둘이 일본을 떠나는 걸 피하고자 최 씨는 일본에 남았다.

"그때 재일동포의 대다수는 북한을 지지했습니다. 미디어에서 급성장하는 모습이 전해졌지만, 저는 전쟁 후 겨우 몇 년이 흘렀을 뿐이라 국토가 황폐해졌을 거라고 생각했습니다. 나라의 재건을 위해 그쪽으로 떠나 돌멩이 하나라도 거들어야겠다는 강한 의지를 품었었지요."

그 후에는 동생과 종종 편지로 소식을 주고받았다. 한국 국적인 최 씨는 1992년에 원산을 찾아 거의 30년 만에 남동생 부부와 재회하고 동생 집에서 머물기도 했다.

"그때 진심으로 생각했습니다. 미츠코 씨는 결코 사람을 원망하거나 책망하거나 질투하지 않는, 어머니 말씀대로 정말로 총명하고 강한 여성이구나 하고요."

최 씨가 기억하는 미츠코 씨의 인간성은 내가 지닌 인상과 일치했다. 최 씨는 이어서 말했다.

"경제적인 문제는 어떻게든 참을 수 있었겠지요. 하지만 부모 형제를 못 만나니 불효를 했다는 생각이 무엇보다 견디기 힘들었을 겁니다."

1973년에 아버지가, 1990년에 어머니가 돌아가셨다. 동생 화재 씨는 임종을 지킬 수 없었다. 화재 씨의 아버지와 어머니도 아들을 만나고 싶은 강한 열망이 있었지만 바람은 이루어지지 않았다.

"북한에 있는 남동생 가족을 부디 지켜주십시오."

돌아가신 아버지의 유골 앞에서 최 씨는 이렇게 빌었다고 한다. 지금도 북한과 일본에 떨어져 살며 부모 혹은 자식의 죽음도 지킬 수 없는 가족이 수없이 존재한다.

4장

최후의
잔류 일본인

가족과 생이별, 조선의 아이로

잔류 일본인

2017년 7월 23일 오후, 나는 동해안 도시 함흥의 모래사장에 앉아 조용히 출렁이는 파도 소리를 듣고 있었다. 한여름이었지만 그날은 꽤 쌀쌀했다. 그래도 눈앞에 펼쳐진 함흥 앞바다는 튜브를 타고 노는 아이들과 소주 안주로 철판에 오리고기를 구워 먹는 해수욕객들로 활기에 차 있었다.

내 옆에서 팔짱을 끼고 나와 같이 바다를 바라보는 사람은 이유금 씨. 태어났을 때 이름은 아라이 루리코. 84년 전, 일본인 부모 밑에서 태어났다. 조금 전까지 근처 식당에서 조개죽과 은어젓을 같이 먹었다. 분명 '유금 씨'라고 불리는 게 자연스러울 텐데, 나는 '아라이 루리코'라는 이름을 듣는 순간 '루리코 씨'라고 부르는 게 딱 들어맞는단 느낌이 들었다. 일본 이름으로 불리는 것이 몇 년 만일까.

1948년 조선민주주의인민공화국이 건국된 당시부터 루리코 씨는 함흥에서 살았다. 내가 이 마을에서 만난 그 누구보다 함흥의 변화를 피부로 느끼며 눈앞에서 봐온 여성이다. 일본인으로 태어났건만 이 나라에서 자란 루리코 씨는 일본어를 거의 다 잊어버렸다고 했다. 그 때문에 기본적으로는 통역을 통해 의사소통했다. 그래도 내가 하는 일본어를 대부분 이해하는 것 같았다. 바닷가 호텔에서 빌린 수영복을 입고 루리코 씨를 따라온 손녀 동은숙 씨(29세)와 함께 바다에 들어가려는데, 루리코 씨가 "차가워요"라고 걱정스러운 듯 일본어로 말했다.

제2차 세계대전 동안 일본이 한반도를 비롯한 아시아·태평양 지역을 식민지로 삼으면서 많은 일본인이 해외에 살았다. 1945년 패전 당시, 그 수는 군인과 민간인을 포함해 약 900만 명에 달했다. 그 가운데 한반도 북위 38도 위쪽에 살던 일본인은 약 30만 명. 패전 후 해외에서 자국으로 돌아가는 와중에 일본인 아이들이 부모 일행을 놓쳐 현지에 남으며 잔류 고아가 되었다.

지금까지 한반도 북위 38도 이북에 남은 일본인에 관한 자세한 정보는 거의 없었다. 그러던 중 2016년 12월 21일 「조선신보」(북한 입장을 대변하는 재일본조선인총연합회 기관지_옮긴이)에 '잔류 일본인이 함경남도 함흥시에서 살고 있다'라는 기사가 실렸다. 존재가 확인된 잔류 일본인이 지금 내 옆에 앉은 루리코 씨다.

처음 만난 건 이날 오전. 함흥시 중심부에서 약 25킬로미터 떨어진 바닷가 숙소에서 인터뷰를 진행했다. 손녀 은숙 씨를 따라 내 방으로 들어온 루리코 씨는 나를 보고 가볍게 인사를 했다. 지팡이를 짚은 모습이 다리가 아픈 듯 보여 우선 침대에 앉으시라고 권했다.

모래사장에 서 있는
잔류 일본인 루리코 씨와 손녀 은숙 씨.
(2017년 7월, 함흥)

바닷가에서
바비큐를 하는 북한 피서객.
(2017년 7월, 함흥)

루리코 씨에 따르면, 1933년 1월 15일 아버지 요시노리와 어머니 츠키에의 6남매 가운데 넷째로 지금의 서울에서 태어났다. 이름을 한자로 어떻게 쓰는지 기억날 듯 말 듯 하다고 했다. 일본의 통치 아래 있을 때 경성이라 불리던 서울에는 수많은 일본인이 이주해 있었다. 당시 자료를 보면 1935년 경성 총인구 약 44만 4,000명 가운데 일본인 인구는 약 12만 명으로 전체의 27퍼센트에 달했다(『조선국세 조사보고 쇼와10년도편 제1권 경기도』, 조선총독부).

아버지는 철도원으로 조선에 파견되어 일했다. 언니 오빠들은 아버지의 고향인 구마모토에서 조부모와 함께 살았고 루리코 씨와 남동생 히데오, 여동생, 어머니, 아버지로 이루어진 5인 가족은 남대문 근처에서 살았다. 자택 인근 소학교를 다니며 배운 〈봄이 왔다〉라는 노래는 지금도 흥얼거릴 수 있다고. 일곱 살 때 딱 한 번 부모님이 태어난 일본을 방문했다.

"구마모토 아소에 사는 할머니 할아버지 댁에 아버지와 남동생과 셋이서 열흘 정도 놀러 간 적이 있습니다. 집 근처에는 산과 강이 있었고, 뜰에는 귤나무도 자랐습니다. 우리가 가니 할머니 할아버지가 맛있는 요리를 많이 해주셨습니다. 지붕 아래로 감을 말려 곶감을 만들어주시기도 했지요. 온천이 나오던 것도 기억납니다."

루리코 씨가 기억하는 일본 풍경은 그때 본 열흘이 전부다.

일본에서 경험한 기억은 단편적이라 선명하지 않았지만, 구마모토에서 서울로 돌아가는 여행길은 상세히 기억하고 있었다.

"구마모토역에서 제가 제일 먼저 열차에 올랐습니다. 텅 빈 객실에 여성 한 분이 있었어요. 저는 왠지 모르게 그 여성 옆에 앉았습니다. 그러자 남동생과 아버지도 따라와서 자연스럽게 저와 아버지, 남동생 그리고 그 여성 넷이서 앉게 되었지요."

열차가 출발하자 루리코 씨와 남동생은 경치를 구경하기도 하고 객차 안을 돌아다니기도 했다. 그러다 문득 아버지를 쳐다보니 그 여성과 친밀하게 이야기를 나누고 있었다. 얼마 후 여성이 눈물을 흘리는 모습이 보였다. 구마모토에서 시모노세키까지 하루가량 걸린 것으로 기억하는데, 그때 그 여성이 쭉 같이 있었다고 한다. 나중에 시모노세키에서 부산으로 가는 배에서도, 부산에서 서울로 가는 열차에서도 여성은 함께였다.

서울에 도착하자 아버지는 루리코 씨와 남동생에게 대합실에서 짐을 지키고 있으라면서 그 여성과 어딘가로 갔다. 얼마 후 혼자 돌아온 아버지를 따라 집으로 왔다. 오랜만에 엄마를 만난 게 기뻤고, 엄마도 루리코 씨 일행이 돌아온 걸 즐거워했다.

"며칠 후 엄마가 집을 청소하면서 장롱에 넣어둔 가방을 발견했어요. 그 가방을 이상하게 바라보던 엄마가 '이게 뭐야? 너희들 짐이 아닌 게 있네'라고 물었습니다. 그 여성의 짐이란 사실을 곧바로 알았지만, 어머니에게는 아무 말도 하지 않았습니다."

그 후로 집안 공기가 미묘하게 이상해졌다고 한다. 엄마는 여성의 존재를 깨닫고 신경이 날카로워져서 밥도 안 먹고 누워 있었다. 며칠 뒤 엄마가 갑자기 사라져서 소동이 일었다. 사흘 지나 돌아왔을 땐 옷이 갈기갈기 찢겨 있고 흙투성이였다. 아버지는 "미안하다"고 사과했지만 어머니는 정신적으로 병을 얻어 서울의 병원에 입원하게 되었다.

"어머니가 입원하시던 날, 구마모토에서 같이 있던 그 여성이 집에 들어왔습니다. 마치 금방이라도 엄마가 된 것처럼 행동했습니다."

어머니의 상태는 악화되었고 몸은 더 안 좋아졌다. 한동안 그렇게 지내던 어머니는 "고향으로 가고 싶다"면서 여동생을 데리고 구마모토로 돌아갔다. 그 뒤 돌아가셨다는 전보가 왔다. 구마모토의 할머니 할아버지 댁을 방문한 지 1년도 지나지 않았을 때였다. 아버지는 그 여성과 서울에서 재혼했다. 그러나 루리코 씨가 그 여성을 '엄마'라고 부르는 일은 단 한 번도 없었다. 루리코 씨가 아버지의 재혼 상대를 이야기할 때는 일본어로 '계모'라고 말했다. 일곱 살 때까지 키워준 친어머니는 좋은 분이었다고 한다.

회령에서 도망치다

1944년 봄, 루리코 씨가 열한 살 때 아버지의 전근으로 일가족은 한반도 북쪽 회령으로 이사했다. 회령은 두만강을 사이에 두고 중국과 마주한다. 자택은 아버지의 근무지인 회령역에서 걸어갈 수 있는 거리에 있었다.

"집까지는 역에서 걸어서 몇 분 정도 걸렸습니까?"

내가 묻자 곰곰이 생각하는 루리코 씨 뒤에서 손녀 은숙 씨가 "30분이요"라고 할머니 대신 대답했다. "너는 그때 태어나기 전인데 어떻게 아니?" 하고 루리코 씨가 웃으며 뒤를 돌아보니 "그야 회령 얘긴 할머니한테 많이 들었으니까, 옛날 일들도 다 알아"라고 은숙 씨가 미소를 지으며 대답했다. 루리코 씨는 큰 소리로 웃었다.

그렇게 아버지, 계모, 남동생 그리고 아버지와 계모 사이에서 태어난 어린 두 동생과 함께 여섯 가족의 새로운 생활이 시작되었다. 조선말을 할 줄 알던 아버지는 동료 조선인들과 친해 그들이 종종 집에 놀러 와서 같이 밥을 먹기도 했다. 1년쯤 지났을 무렵, 갑자기 아버지에게 징집 명령이 떨어져 중국으로 가게 됐다. 루리코 씨의 기억으론 무더운 여름날이었다. 루리코 씨는 남동생과 둘이서 중국으로 떠나는 아버지를 배웅하기 위해 회령역으로 향했다. 계모는 배웅하러 오지 않았다.

"헤어질 때 아버지는 '얘들아, 전쟁터에 가면 못 돌아올지도 모른다, 정말 미안하구나'라며 저와 제 동생을 꼭 끌어안았습니다. 아버지는 울고 있었습니다."

아이들을 남겨두고 살아 돌아오기 어려울 격전지로 떠나는 마음, 루리코 씨와 동생에게 남겨진 복잡한 가정 사정을 생각하며 하신 말씀일 거라고 루리코 씨는 말했다. 군복을 입은 작은 체구의 아버지가 열차에 오르는 모습을 루리코 씨는 선명히 기억했다.

1945년 8월 초순, 어느 한밤중의 일이다.

"갑자기 총성이 울리더니 그 소리가 뚝 멎었습니다. 우리 집 바로 근처에 사는 일본인 간부 가족이 공격을 받아 살해됐다는 것을 다음 날 알았습니다."

총성이 울린 직후 아버지의 지인인 조선인 노동자가 집으로 찾아왔다. 현관문 두드리는 소리에 루리코 씨는 곧장 밖으로 나갔다.

"그 사람은 '짐을 싸서 얼른 여길 벗어나라. 해방되면 우리도 고향으로 돌아간다. 너희도 일본으로 돌아가야 할 거다'라고 말했습니다."

루리코 씨 아버지는 중국으로 가기 전 조선인 동료들에게 "만약 내가 전쟁터에서 돌아오지 않으면 가족을 부탁한다"라고 얘기해두었다고 한다. 어느 밤, 루리코 씨는 아버지의 조선인 동료 셋과 함께 소가 끄는 수레에 간단한 짐만 싸서 올리고 도망치듯 마을을 빠져나왔다. 서두르지 않으면 소련군에게 죽임을 당할지도 모른다고 열두 살의 루리코 씨는 생각했다.

종전 직전인 1945년 8월 8일에 소비에트연방이 일본에 선전포고를 했고, 이튿날 9일에 국경을 넘어 만주와 한반도 북부로 진격해왔다. 루리코 씨가 총성을 들은 건 소련군이 회령으로 돌진해오기 얼마 전이었다. 소련 비행기가 회령 상공을 날며 전단을 뿌린 것이 8월 10일. 거기엔 일본어와 조선어로 소련이 일본에 선전포고했다고 적혀 있었다(『북한 유랑: 회령-백무고원-함흥-38도선 돌파』, 아카오 사토리, 1995).

함께 회령에서 출발한 조선인들은 각자 자기 고향으로 향했다. 그리고 깊은 산속을 걷던 어느 날, 아버지의 동료 세 사람 가운데 한 사람의 집에 도착했다.

"그 댁 할머니는 며칠 동안 재워주고 여행을 계속할 우리에게 쌀 같은 식량을 나눠주었습니다. 너무 많아도 힘드니 지치지 않을 정도만 받기로 했습니다. 할머니는 '일본 사람 모두가 나쁜 건 아닌데 불쌍하구나. 어떻게 일본으로 돌아갈 거니?'라고 걱정하며 출발 직전에 떡을 지어서 싸주셨습니다."

아버지의 동료들은 저마다 친척 집이나 가족 집으로 갔고 마지막에 루리코 씨 가족만 남아 하염없이 남으로 남으로 향했다.

"어느 날 한밤중에 험난한 산길을 걷는데 어둠 속에서 번쩍이는 빛이 보였습니다. 곧 그게 호랑이임을 알았어요. 호랑이는 불을 무서워하니까, 우리는 나무 끝에 불을 붙여 마구 흔들며 그날 밤 내내 걸었습니다."

거목으로 빼곡한 숲속을, 그것도 한반도 동쪽 해안으로 내처 걷기만 하다가 종전을 맞이했다. 일본인에게는 패전의 날 그리고 이 나라 사람들에게는 조국해방기념일(광복절)인 8월 15일이 찾아온 것이다.

루리코 씨가 자신을 일본인 부모 사이에서 태어난 일본인으로 자각하는지 아니면 이 나라에서 오랜 세월 살아온 한 사람의 조선인으로 자각하는지, 처음 만났을 때는 잘 분간이 가지 않았다. 일곱 살에 친어머니와 열두 살에 아버지와 헤어졌다. 어릴 때 일본에 간 적이 있긴 해도 그 후로는 쭉 한반도에서 살았다. 언제나 조선인에 둘러싸여 살아온 셈이다. 그래도 내가 루리코 씨의 일본 이름을 한자로 어떻게 쓰는지 확인하려 했을 때, 가만히 내 펜과 공책을 가져가 '아라이 루리코'라고 익숙한 손놀림으로 이름을 쓰는 모습은 마치 이제껏 쭉 그 이름을 친숙하게 느끼며 살아온 듯했다.

처음 만난 날은 루리코 씨와 깊은 이야기를 나눌 수 없었다. 다만 그날 무척 인상적인 사건이 있었다. 헤어질 때 내가 루리코 씨에게 "고맙습니다"라며 악수를 하려고 손을 내밀었다. 그러자 루리코 씨는 내 손을 잡고 손등에 두 번 키스를 하고는 날 올려다보며 방긋 웃었다. 나도 모르게 입가에 미소가 떠올랐다. 이 나라에서, 그것도 처음 만난 사람에게 인사 대신 손에 키스를 받는 건 처음이었다. 그날의 애교 가득한 루리코 씨의 표정을 잊을 수 없었고 무척이나 기뻤다. 이때 어쩌면 같은 일본인 여성으로서 루리코 씨 나름대로 내게 공감하는 뭔가를 느꼈을지도 모른다고 생각했다.

어릴 적 일본인으로서 느낀 식민지의 공기, 일본의 패전 직후 흔들리는 사회, 홀로 남겨져 필사적으로 살아온 시대, 1948년 새로운 나라의 탄생, 얼마 후 시작된 6·25전쟁. '고국' 일본

을 향한 생각과 가까이 조선인에 둘러싸인 '적국' 일본을 향한
감정. 격동의 시대에 양극의 감정 사이에서 루리코 씨는 자신의
인생과 이 나라의 사회를 어떻게 응시하며 살아왔을까.

과거와 현재의 회령

'KWAINEI'라는 알파벳 글자가 적힌 그림엽서. 식민지 시대에
발행된 이 그림엽서에는 두만강 너머에서 건너온 사람들이 조
각배에서 내리며 강변을 향해 걷는 모습을 찍은 흑백사진이 인
쇄되어 있다. 머리에 커다란 짐을 이고 맨발로 걷는 여성, 무릎
위까지 옷을 걷고 강가를 걷는 사람, 조선 의복을 입은 여성이
있는가 하면 반바지 차림의 남성도 있다. 뒤에는 '우편엽서'라고
일본어가 인쇄되어 있다.

2017년 12월 27일, 얼마 후 신년을 맞을 세밑에 회령을 찾은
나는 이 그림엽서에 담긴 두만강 강변에 섰다. 강 건너는 중국
연길. 조선족자치주 마을이다. 이날 평균 기온은 영하 15도. 강
표면은 얼었지만 여기저기 얼음이 깨져 있었다. 장갑을 벗고 발
밑 물에 손을 대니 한순간 손가락 감각이 마비될 듯이 차가웠
다. 잰걸음으로 얼음 위를 걸으면 30초도 지나지 않아 강 건너
중국에 닿을 듯했다. 수백 미터 앞에 있는 북한-중국 국경 다리
위를 대형 트럭이 때때로 지나갔다. 조금 떨어진 언 강 위에는
나무로 만든 스케이트를 신고 떠들며 노는 아이들이 보였다. 나
는 한 시간 가까이 그 자리에 서서 두만강 사진을 찍었다.

회령은 루리코 씨가 1944년부터 약 1년을 살았던 곳이다. 회령의 겨울은 몹시도 춥다고 루리코 씨가 말한 대로 매서운 강풍이 얼굴을 때리니 찌를 듯한 통증이 느껴졌다. 이 시기 회령을 찾는 외국인은 거의 없다고 한다. 2017년 여름에 같이 함경북도 청진과 나선을 방문했던 이 씨가 이번 겨울 여행에도 다시 안내인으로 일해주었다.

"회령은 몹시 춥습니다. 오늘 밤 이곳에 묵고 싶지 않으면 청진으로 가야 되는데, 어떻게 하실래요?"

이 씨가 물었다. 청진에서는 여름에도 또 어제도 묵었다. 애써 청진에서 차로 세 시간 걸려 여기까지 왔는데 당일에 돌아가고 싶진 않았다. 어떤 조건이라도 회령에서 묵기로 결심했다.

"아니요, 여기서 자고 가겠습니다."

내가 대답하자 이 씨는 곧바로 운전기사에게 호텔로 가자고 했다. 도착한 곳은 시내 입구에 위치한 4층 건물 회령호텔이었다. 이 씨가 추울 거라고 걱정해서 밤에 점퍼를 입고 벌벌 떨며 잘 각오를 했건만 온돌방은 의외로 따뜻했다.

이 호텔에서 회령역 쪽으로 마을을 관통하는 도로가 나 있었다. 식민지 시대에 '혼마치도오리(도오리는 일본말로 길이라는 뜻_옮긴이)'라고 불리던 길일까. 이 길에는 회령소학교와 사진관, 백화점 등이 늘어서 있다. 내가 묵는 호텔 주변은 육군병원이 있던 곳인지도 모른다. 일찍이 이 마을에 살던 일본인들이 만든 회령 시내 지도를 보며 차창 밖 거리 풍경과 비교해보았다.

꽁꽁 언 강에서 스케이트와
썰매를 타며 노는 아이들.
(2017년 12월, 회령)

혼마치도오리를 돌면 '긴자도오리'가 나오고 '쇼와도오리'와 '고토부키도오리'라는 이름이 붙은 길이 이어졌다. 신사와 절 등 손에 든 지도만 보면 마치 일본의 거리를 지나는 듯한 착각이 든다. 그래도 차창 밖으로 펼쳐지는 건 오렌지색 외벽의 아파트와 조선어 구호가 쓰인 포스터 등 현대 조선민주주의인민공화국의 거리다. 회령에서 태어난 김일성 주석의 아내, 김정숙 여사의 동상이 세워진 시내 중심부 언덕도 혼마치도오리에 접해 있다. 어린 시절 루리코 씨는 이 마을 어딘가에서 살았던 걸까, 나는 상상했다.

회령에서 묵은 이튿날, 오전 5시 반에 자연스레 눈이 떠졌다. 창밖을 보니 맞은편 아파트 굴뚝에서 연기가 모락모락 났다. 어렴풋이 사람들의 그림자도 보였다. 한겨울 회령 사람들의 하루는 이미 시작된 듯했다. 6시 반쯤 호텔방 문을 노크하는 소리가 들렸다. 조용히 문을 여니 젊은 여성 종업원이 서 있고 발밑에 뜨거운 물이 담긴 커다란 양동이 두 개가 놓여 있다. 욕실에 뜨거운 물이 나오지 않는다는 건 알았지만, 다른 나라에서도 자주 있는 일이라 특별히 신경 쓰지 않았는데 샤워를 하라고 가져다준 모양이었다. 꽤 무거웠을 텐데도 밝은 미소로 응대해줘서 진심으로 고마운 마음이 들었다.

그날 회령 시내 곳곳을 관광하고 오후에 동해안 청진으로 돌아갔다. 내가 탄 자동차는 회령에서 청진을 잇는 깊은 산림을 달려갔다. 그 길에 보이는 풍경을 눈에 새겨 넣었다. 살벌한 추위는 가축도 마찬가지이리라. 소를 끌고 가는 남성은 방한을 위해 크고 붉은 담요를 소의 몸통에 감아주고 있었다. 2016년 있던 홍수 재해지에 재건된 단층집들과 작은 마을 여러 곳을 지났다. 루리코 씨의 가족이 회령에서 도망쳐 걸었던 산길, 아버지의 동료들이 돌아간 마을, 모두 이 근방일까. 그들 가족은 지금도 회령 근교 어느 작은 동네에서 살고 있을까. 72년 전, 동생과 계모와 함께 피난 생활을 하던 루리코 씨 이야기가 떠올랐다.

걷고 또 걸어서

루리코 씨는 함흥역에서 차로 10분쯤 떨어진 곳에 있는 아파트 3층에서 아들 동철은 씨, 손녀 은숙 씨, 손녀의 남편 김철우 씨, 증손녀 수정 양과 함께 살고 있었다. 2018년 6월, 나는 다시 루리코 씨를 만나기 위해 근 1년 만에 함흥을 찾았다. 현관문을 세게 두드리자 손녀 은숙 씨가 문을 열어주었다. 뒤에 있던 작은 체구의 루리코 씨가 가볍게 휘청거리며 이쪽으로 걸어왔다. 걷는 것이 어려워 보였다. 그래도 내 손을 꼭 잡고는 방으로 데려갔다. 그리고 계속해서 과거 이야기를 들려줬다.

루리코 씨 일행은 소련군의 진격보다 조금 빠른 시기에 회령을 나왔기에 도중에 소련군을 만나는 일은 없었다. 그러나 그 직후 회령의 상황은 비참했다.

"회령에서는(1945년 8월) 15일 아침, 일본 헌병대가 스스로 경찰서와 우체국을 폭파했고 번화가였던 혼마치도오리는

16일과 17일 이틀 사이 조선식산은행을 발화점으로 불이 나 완전히 잿더미가 되었다."(『조선 종전의 기록: 자료편 제3권』, 모리타 요시오·오사다 카나코, 간난도서점, 1980)

35년에 걸친 일본의 조선 통치는 순식간에 붕괴했다. 8월 8일 소련 참전 이후 북위 38도선 위쪽에 살던 일본인들에게는 말 그대로 지옥 같은 나날이 시작되었다.

"심각한 식량난은 기아를 낳고 체력은 소모되었다. 특히 국경 근처 나진·웅기에서 피난 왔다 지친 사람과 노인, 부녀자는 생사의 기로에 놓였으며 탈진해 죽는 사람들이 매일같이 속출해 지옥이나 다를 바 없었다. (중략) 소지품 하나 없이 맨발이 되었고, 부녀자에 대한 폭행은 나날이 극심해 1만 명 넘는 사람들이 비참한 지경에 빠졌다."(위와 같은 책)

함흥은 회령에서 도망친 열두 살 루리코 씨가 그 후로 쭉 살아온 마을이다. 사실 함흥으로 피난을 오려고 몇 날 며칠을 걸은 건 아니었다. 장렬한 시대 속에서 운명에 휘둘릴 수밖에 없던 작은 일본인 소녀가 어떻게든 걸어와 닿은 곳이었다.

"회령을 출발해 한 달 이상 걷다가 이윽고 퇴조역이라는 곳에 닿았습니다."

"퇴조역?"

들어본 적 없는 지명이라 나는 곧장 평양에서 손에 넣은 한반도 지도를 펼쳤다. 루리코 씨가 짚은 곳은 지금의 낙원역. 평양 간리역에서 최북단 나선 나진역을 잇는 평라선 중간쯤 위치한

역이다. 지도에서 그 지역을 보고 놀랐다. 회령에서 400킬로미터 가까이 떨어져 있었기 때문이다. 함흥까지는 40킬로미터.

"이 거리를 계속 걸어서 왔던 겁니까?"

나는 루리코 씨에게 재차 확인했다.

"계속 걸었습니다. 대체 누가 저희를 말이나 자동차에 태워주겠어요?"

회령 집을 나와 한 번도 옷을 갈아입지 않았다. 갈아입을 옷 따윈 애초에 가져오지 않았다고 한다. 도중에 조선 사람들이 나눠준 쌀로 도로나 강가에서 불을 피워 밥을 짓고 조금씩 입에 넣으며 굶주림을 견뎠다. 어떻게든 죽지 않고 살아서 퇴조역까지 도착했다. 역 주변에는 루리코 씨처럼 피난 온 일본인으로 넘쳐났다. 루리코 씨 가족들은 다른 일본인과 마찬가지로 역에 정차된 열차에 올라탔는데, 안은 발 디딜 틈 없이 사람으로 꽉 들어차 있었다. 통로가 어디 있는지조차 알 수 없는 상태였다. 낮에 퇴조역을 출발해 얼마나 달렸을까. 열차는 함흥역에 도착했다. 이미 초가을이었다.

"함흥역에서 전원 내리라면서 일본인은 역 앞 광장에 모여 앉으라고 했습니다. 그러자 직원 한 분이 나와서 당분간 열차는 달리지 않을 것이니 잠시 이곳에 대기하라고, 아마도 일본어로 말했습니다. 그리고 역 근처 5층 여관 건물로 가라고 했지요."

루리코 씨가 말하는 여관이란 함흥시 성천강 구역에 있던 수용소. 3층쯤에 있는 작은 방에 루리코 씨 가족 다섯이 들어갔다. 5, 600명에 달하는 일본인 피난민을 수용했던 그 건물은 6·25전쟁 때 파괴되었다. 함흥으로 쇄도하는 피난민은 본래 함흥에 살던 사람의 2배가 넘는 2만 5,000명에 달했다고 한다. 이튿날 아침 눈을 뜨니, 계모의 다섯 살배기 아들과 두 살배기 딸이 죽어 있었다.

"둘 다 하루 자고 일어났더니 눈도 못 뜨고 죽어버린 거예요. 너무 오래 걸어서 발이 퉁퉁 부어 있었거든. 작은 발들이 거무죽죽해서는……. 오는 도중에 몇 번이나 업어달라고 보챘는데…… 정말로 가여웠습니다."

계모와 루리코 씨 그리고 남동생은 어린 두 동생의 유해를 어디에 묻어야 좋을지 알 수 없었다. 그 상황에 죽은 사람들을 태운 소달구지가 바로 옆으로 지나갔다. 두 동생과 마찬가지로 피난하는 도중에 죽어버린 일본인들의 유해였다. 세 사람은 둘의 유해를 안고 소달구지 뒤를 한참 쫓아갔다.

"다른 일본인들도 죽은 가족의 유해를 묻기 위해 같은 방향으로 걸었습니다. 그 끝에 커다란 구덩이가 파여 있었습니다. 소달구지에 실려 있던 여러 구의 시체들이 연이어 구덩이에 떨어졌지요. 아무도 없을 때 두 아이의 시체를 그 위에 얹었습니다."

그곳은 함흥 시내에서 4, 5킬로미터쯤 떨어진 곳으로 현재는 함흥과학원이 들어선 자리다. 네 아이를 데리고 회령에서 여기까지 걸어온 직후 친자식 둘을 한꺼번에 잃어버린 계모의 마음은 어땠을까. 소련군 침공으로 직접적인 전투뿐만 아니라 피난

에 따른 신체적 피로와 식량난으로 쇠약해지고 전염병과 비위
생적인 환경에서 집단 생활하며 많은 생명이 목숨을 잃었다. 루
리코 씨는 당시를 회상하며 담담히 이야기했지만, 곁에서 죽어
가는 사람들을 보며 무슨 생각이 들었을까. 당시 심경은 말로
표현하기도 어려우리라.

후생노동성 추정으로는 제2차 세계대전이 종결된 뒤 한반
도 북위 38도선 위쪽에 남아 추위와 굶주림, 전염병 등으로 사
망한 일본인은 약 3만 5,000명. 그 가운데 민간인은 2만 5,000
명이 넘는다. 한편 귀국하는 사람들이 일본으로 가져간 유골은
약 1만 3,000구. 당시 죽은 일본인 전체 가운데 약 2만 명 이상
의 유골이 지금도 현지에 묻혀 있다(『유골: 전몰자 310만 명의 전후
사』, 구리하라 토시오, 이와나미신서, 2015). 계모의 어린 두 아이도 거
기에 포함된다.

남동생과 헤어지다

두 동생을 묻고 돌아오는 길에 루리코 씨 일행은 사과밭을 발
견했다.

"계모가 잠시만 기다리라면서 가서 사과를 가져왔습니다. 뭔
가 이상하네, 우리 먹이려는 걸까, 하고 남동생 히데오와 이야기
를 나누는데 보자기에 두 개씩 싸서 주며 '돈이 필요할지도 모
르니 시장에 가서 팔고 오라'고 말했습니다."

루리코 씨는 남동생과 시장으로 갔다. 동생은 자연스레 시장

에 들어가 사과를 다 팔았지만, 이때껏 물건을 팔아본 적 없는 루리코 씨는 시장 입구에서 울기만 했다.

"동생이 '누나, 시장에 못 들어가면 사과를 못 팔잖아'라고 말했지만 저는 '괜찮아. 넌 먼저 돌아가'라고 대답했습니다. 동생은 여관으로 돌아갔습니다. 그랬는데 순식간에 해가 져서 하늘이 캄캄해졌습니다. 그냥 혼자 목적도 없이 터덜터덜 걸었어요, 울면서요. 바로 그때 뒤에서 발소리가 들렸습니다. 순간 엄청난 공포를 느낀 걸 지금도 기억합니다. 갑자기 조선인 남성이 말을 걸더군요. '왜 여기서 울고 있니? 부모님이 없니?' 하고. '부모님은 없습니다'라고 대답하니 '그럼 할 수 없구나. 우리 집에 가자'고 말했습니다. 지금 생각해보면 이상한 일이지만 전혀 모르는 사람이 어쩐지 친근하게 느껴져서 따라갔습니다."

그 남성의 집은 시장에서 그리 멀지 않은 곳이었다. 그날 밤, 남성의 아내가 고깃국을 끓이고 쌀밥을 지어주었다. 그날은 그 집에서 하루 묵었다. 이튿날, 눈을 뜨자마자 루리코 씨는 돌아가야 한다는 생각이 들었다. 사과가 담긴 보따리를 조용히 들고 몰래 나오려다가 신세를 진 남자의 아내에게 한마디 인사라도 하려고 아이와 함께 자는 남자의 아내를 깨워 인사를 건네고 집을 나왔다.

그 집 근처에는 소련군 주둔지가 있었고 주변에는 수많은 사람이 거리로 나와 물건을 팔고 있었다. 루리코 씨도 그 사이에 끼어 사과를 팔기 위해 바닥에 앉았다. 그때 소련군이 바로 코

앞을 지나가며 해바라기 씨를 한 움큼 입속에 집어넣고 껍질만 입 밖으로 뱉어내던 모습을 확실히 기억했다. 그러고 있는데 갑자기 남동생이 나타났다. 동생은 "누나, 어제 어디서 잤어? 나도 데려가"라고 말했다. 동생과 한동안 거기 있자니 전날 밤에 잠을 재워준 남성이 루리코 씨를 찾으러 나타났다. 루리코 씨와 눈이 마주치자 곧장 달려왔다.

"저한테 '밥도 안 먹고 배고프지 않냐'면서 주먹밥 하나를 주었어요. 그 순간 저는 동생을 힘껏 밀었습니다. '저리 가' 하고. 저는 동생을 놔두고 남성과 같이 걸었습니다. 그러자 동생이 '나도 데려가! 나도 데려가!'라고 소리치며 울었습니다. 제가 남성과 함께 걸어가다 뒤돌아보니 제 쪽을 보고 있었습니다. 한 번 더 돌아보니 남동생은 건물 그림자에 숨어서 저를 안 보는 척했습니다. 한 번 더 돌아보자 또 숨었습니다. 네 번째 돌아보니 동생의 모습은 보이지 않았습니다. 그게 마지막이었습니다. 동생이 '나도 데려가'라고 말했는데 혼자 남겨두고 온 일이 지금까지 쭉 마음속에 응어리로 남아 있습니다."

루리코 씨는 손에 들고 있던 푸른 수건으로 눈물을 닦았다. 남동생과 헤어진 이야기는 루리코 씨를 만날 때마다 몇 번이나 들었다. 하루는 소련군이 해바라기 씨껍질을 뱉어내는 모습을 봤을 때 남동생을 다시 만난 이야기를 들려주었다.

"남동생이 '열차가 출발하니까 누나를 찾아오라고 계모가 그랬어'라고 말하더군요. 저는 '사과 다 팔고 갈게'라고 대답했습니다. 몇 시간 후 사과를 다 팔고 여관으로 돌아가니 아무도 없었어요. 하는 수 없이 다시 시장으로 돌아가 울고 있는데 전날 저를 재워준 조선인을 우연히 만났습니다."

70년도 더 된 기억이니 루리코 씨 안에서 전후가 복잡하게 뒤섞여 있는지도 모른다. 한번은 내가 "남동생과 헤어진 건 남성 앞에서 밀쳤을 때입니까? 아니면 여관에 아무도 없었을 때입니까?"라고 확인 질문을 했다. 그러자 루리코 씨는 "주먹밥을 받았을 때 남동생을 밀치고 헤어졌습니다……"라며 다시 눈물을 흘렸다. 동생에 대한 죄책감 때문에 그땐 모든 것을 이야기하지 못했을지도 모른다.

나는 그날 무슨 일이 있었는지 취재로 여러 번 확인하고 싶었다. 하지만 루리코 씨는 무슨 기록이나 자료를 참고로 하는 말도 아니고, 생각만 해도 괴로운 기억을 되짚으며 담담히 대답한다. 그 모습을 여러 번 마주하는 사이 '그날 무엇이 어떤 순서로 일어났는가' 하는 개인의 역사적 사실을 몇 번이나 확인하며 마음의 상처를 건드리는 것보단 루리코 씨가 어떻게 기억하며 그일과 어떻게 마주하고 살아왔는지를 아는 편이 더 의미가 있다는 생각이 들었다.

조선의 부모님
루리코 씨를 데려온 남성은 구두공장에서 일했다. 부부와 아이 둘의 4인 가족. 처음엔 이 가족과 함께 살았지만 두세 달 후

앞줄 왼쪽이 길러준 어머니 김곱순 씨,
그 옆이 루리코 씨.
(촬영 시기 미상, 함흥)

그 가족은 함흥을 떠나 고향으로 돌아간다고 했다. 남성이 "우리와 같이 가지 않겠느냐"고 물었지만 루리코 씨는 함흥을 떠나고 싶지 않았다. 마침 그 무렵, 딸이 없는 인근 조선인 부부가 양녀를 들이고 싶다는 이야기를 꺼냈다. 이 부부는 루리코 씨가 사는 가정에도 종종 놀러 왔다. 루리코 씨는 이 부부의 딸로 다시 조선 가정에서 살게 되었다.

"새로운 가정에 들어가는 일이 무척 불안했을 것 같은데 어째서 함흥을 떠나지 않겠다고 생각했습니까? 남동생이 아직 함흥에 있을지도 모른다고 생각해서였나요?"

"그래요, 그런 마음은 분명 있었습니다."

루리코 씨는 작은 목소리로 대답했다. 새로이 함흥에 머무르게 된 루리코 씨를 길러줄 어머니의 이름은 김곱순, 그 남편 이름은 이성화. 이 부모로부터 '이유금'이라는 이름을 받았다. 조선말은 겨우 몇 개월 만에 자연스레 할 수 있게 되었다. 그 뒤로는 '아라이 루리코'라는 이름을 쓰는 일 없이 이유금으로 이 사회에서 70년 이상 살아왔다. 식민지 조선을 살아온 부모님은 일본을 싫어했지만, 루리코 씨만큼은 친자식처럼 예뻐하며 키워주셨다. 영화나 텔레비전에서 식민지 시대 일본을 다룬 작품을 보면 자신도 모르게 증오심이 끓어올랐다고 한다.

3년 동안

1946년이 되자 소련 점령하의 일본인 송환에 대해 미국과 소런 간 교섭이 시작되었다. 그리고 그해 12월, 잔류 일본인을 태운 제1차 송환선이 원산과 흥남에서 출발해 일본으로 떠났다. 이 시점에서 한반도 북부에 남은 일본인은 약 8,000명이었다. 전쟁이 끝나고 이미 1년 4개월이 지난 때였다. 많은 일본인 피난민이 전년도 겨울을 넘기지 못하고 죽었다.

1946년 12월부터 1948년 7월까지 열세 번에 걸쳐 한반도 북부에 남은 일본인이 송환선을 타고 일본으로 돌아갔다. 루리코 씨는 그때 새로운 가족과의 생활에 적응해 읽고 쓸 줄 모르는 사람들을 대상으로 하는 성인학교에 다니고 있었다. 루리코 씨는 어째서 그 2년 사이에 귀국하지 않았을까.

"일본으로 귀국할 수 있다는 정보가 없었습니다."

이렇게 말했다. 이미 조선인 부모 밑에서 살았기에 일본인 집단과는 떨어져 있었다. 루리코 씨는 조선 가정에 입양이 된 3년 동안 완전히 조선 사회에 흡수되었다.

그 시기 루리코 씨와 동년배 일본인 사토 토모야 씨(당시 14세)가 종전 후 3년 동안 함흥에서 약 300킬로미터 떨어진 평양에 살고 있었다. 1946년 12월부터 일본인의 공적 귀국이 시작되었지만 새로운 나라 세우기를 위해 공장 등을 총괄하던 일본인 기술자가 필요했다. 한반도 북부는 지하자원이 풍부해서 전쟁 전부터 광업과 공업이 활발했다. 아버지가 기술자였던 사토 씨 가족을 포함해 약 900명의 기술자와 가족이 평양, 함흥, 청진 등지의 도시에 남게 되었다.

1931년 도쿄에서 태어난 사토 씨는 광산 기술자였던 아버지 노부시게 씨를 따라 네 살 때 가족과 함께 평양으로 건너왔다. 아버지는 평양에서 80킬로미터 떨어진 평안북도 영변 광산 개발 일을 했다. 그는 철도원의 딸이던 루리코 씨처럼 일본인 아이가 다니는 학교에서 공부했다. 1945년 8월 15일, 당시 다니던 평양제1중학교 교정에 모여 라디오방송으로 천황이 전쟁 패배를 선언하는 목소리를 들었다. 루리코 씨가 회령을 떠나 도망치던 때였다.

그날 밤, 일본인 정신문화의 상징이던 평양신사에 가장 먼저 불이 붙었다. 사토 씨가 다니던 학교는 종전 후 너덧 날 뒤에 소련군 숙소가 되었고, 얼마 후에는 만주 등지에서 오는 피난민 수용소가 되었다. 사토 씨도 그 무렵 평양에 주둔해 있던 소련군이 해바라기 씨껍질을 뱉으며 걸어가는 광경을 생생히 기억한다고 했다.

기술자로 조선 북부에 남은 일본인들은 일본질소비료 흥남공장과 수풍발전소에 머물며 제철소 재건 등 전후 복구에 힘을 쏟았다. 10대 중반이던 사토 씨는 일본인 아이들이 다니는 학교에서 소학교 저학년을 담당하는 대용교원으로 일하기 시작했다. 그 후 3년 동안 그야말로 새로운 국가 건설을 향해 나아가는 사회를 지켜봤다.

1945년 가을 무렵, 사토 씨는 20명쯤 되는 일본인에 뒤섞여 근로 동원의 일환으로 대동강에서 자갈을 나르는 작업을 했다.

그때 현장 감독을 맡은 외팔의 40대 조선인 남성이 갑자기 바지 주머니에서 총을 꺼내 사람이 없는 언덕을 향해 발포했다. 나중에 들은 이야기지만 그는 전쟁 중 '항일분자'로 일본인 경관에게 붙잡혀 고문을 당한 과거가 있었다. "그는 일본인을 향한 울분을 총알에 담아 발포한 게 아니었을까"라고 사토 씨는 말했다. 그래도 사토 씨가 기억하기로 식당과 전차 안에서 매일 만나는 근처 조선인 사람들은 일본인에게 친절했다.

1948년 6월, 사토 씨는 12년 동안 살던 평양을 떠나게 되었다. 잔류 일본인을 태운 최후의 귀향선 소야마루호를 타고 7월 4일 원산을 출항해 일본으로 귀국했다. 배에는 170명의 일본인 기술자가 타고 있었다. 그러나 사토 씨의 아버지 노부시게 씨를 비롯한 15명의 기술자가 승선 직전에 당국의 지시로 불려 나갔다. 그중 아버지를 포함한 7명이 시베리아에 억류되었고, 나머지 8명은 평양형무소에 수감된 후 공장 등지에서 일하게 되었다. 아버지가 겨우 일본으로 귀국한 것은 1956년의 일이었다. "조선인과 결혼해 가정을 꾸린 일본인 중에는 소야마루호를 타지 않고 남은 사람도 있었습니다"라고 사토 씨는 말했다.

2,700여 명의 일본인이 잠든 평양 외곽의 용산 묘지. 이곳에 묻힌 사람 대부분은 신원이 파악되지 않았다. 현재 용산 묘지에 매장된 일본인 유족 관계자로 결성된 용산회 회장이기도 한 사토 씨는 "유족은 고령화가 진행되고 있습니다. 성묘사업이 어서 이루어지기를 바랍니다"라는 말을 덧붙였다. 함흥에 살던 루리

코 씨는 사토 씨가 탄 소야마루호도 알지 못했다.

6·25전쟁 이후

루리코 씨는 열여덟 살 무렵부터 함흥의 견직물공장에서 일했다. 이때 이유금이라는 조선 이름을 자연스레 받아들이게 되었다. 아울러 루리코 씨가 이 나라 사회의 일원이라는 사실을 자각하는 큰 사건이 있었다. 1950년 발발한 6·25전쟁이다.

"공장에서 막 일하기 시작했을 때 6·25전쟁이 터져서 마을 대부분이 파괴되었습니다. 동료들도 외곽의 산으로 피난을 갔는데, 방공호에서 신발을 만들거나 바느질을 하며 일은 계속했습니다. 조선 동료들은 저를 자기들하고 똑같은 친구로 대해주었어요. 저를 믿고 있다고 실감했습니다. 이 시기를 지나면서 저도 그들과 같다고 자각하게 되었습니다."

6·25전쟁 중 조선 북부의 공장과 군사시설은 철저히 파괴되었다. 사토 씨 아버지의 동료이자 귀국선에 타기 직전 불려 나가 조선에 남은 8명은 전쟁 때 모두 목숨을 잃었다. 그중 3명은 1950년 8월, 흥남에 있는 공장에서 일하다 미군기의 공격을 받아 사망했다. 이 공장은 루리코 씨가 사는 함흥에서 가까운 곳에 있었다.

6·25전쟁이 휴전한 다음 해인 1954년 1월에 일본적십자사는 제네바의 적십자사연맹을 통해 조선적십자회에 잔류 일본인의 안부를 물었다. 2월에 "현재 극소수의 일본인 잔류자가 있고, 귀

국을 희망하는 이가 있으면 기꺼이 귀국 지원토록 하겠다"는 답이 왔다(『일본적십자사 법제정 50주년 기념 그리고 새로운 여행』, 일본적십자사, 2002). 그리고 1956년 4월 22일에 36명의 일본인을 태운 코지마마루호가 교토 마이츠루항으로 귀항했다. 남성은 한 사람뿐이고 나머지는 전원 여성이었다. 대부분이 남편과 사별한 미망인이었고, 그중에는 귀국하기 직전에 조선인 남편과 이혼하고 배에 오른 일본인 여성도 있었다. 이 배에도 당시 스물세 살이던 루리코 씨는 타지 않았다. 이후 공식적인 잔류 일본인 귀국사업은 없었다.

4년 후인 1960년 여름에 루리코 씨는 아홉 살 위 남성 동병홀 씨와 선을 보고 결혼했다. 스물일곱 살 때였다. 친척 소개로 선을 보던 날, 루리코 씨 집에서 둘은 처음 얼굴을 마주했다.

"루리코 씨가 몇 번째로 선을 본 사람이었나요?"

"첫 번째였습니다."

루리코 씨는 부끄러운 듯이 웃었다.

"어머, 딱 한 번만에요?"

"그야, 남편이 저를 보고 좋아한다는 말을 했으니까요. 나도 얼른 시집을 가고 싶었고."

그러자 옆에 있던 루리코 씨의 손녀 은숙 씨도 웃었다. 병홀 씨는 함흥역에서 근무하는 철도원으로 루리코 씨의 친아버지와 같은 직업이었다. 결혼식은 루리코 씨 집에서 치러졌다. 그때 길러준 아버지가 하신 말씀을 루리코 씨는 지금도 기억했다.

앞줄 왼쪽부터 루리코 씨, 아들 철은 씨, 남편 병휼 씨.
뒷줄은 루리코 씨의 직장 동료.
(1966년께, 함흥)

"아버지는 '너는 진짜 내 딸이다. 행복하게 살아야 한다'라며 배웅해주셨습니다. 그때 저를 보시던 아버지의 따뜻한 표정을 지금도 잊을 수가 없습니다."

일본에 띄운 편지

결혼하고 3년 후인 1963년에 아들 철은 씨가 태어났다. 그 무렵 일하던 공장에 귀국사업으로 이 나라에 건너온 일본인 아내들이 근무했다. 친하게 지내던 여성 가운데 한 사람이 박미자 씨. 그녀의 출신지와 일본 이름은 알지 못한다고 했다. 그녀는 이미 세상을 떠났지만 젊었을 때는 종종 집에도 놀러 왔다. 어느 날, 루리코 씨는 미자 씨에게 생이별한 일본 가족 이야기를 털어놓았다. 미자 씨는 일본으로 편지를 써보라고 권유했다.

"구마모토에 있는 할머니 할아버지에게 편지를 보냈지만 답장이 없었습니다."

그다음에는 구마모토 시청에 "할머니 할아버지 주소로 편지를 보내주십시오"라는 내용을 덧붙여 편지를 보냈다. 그러자 얼마 후 어릴 때부터 구마모토에 살던 오빠에게서 답장이 왔다. 1945년 9월에 함흥에서 헤어진 당시 열 살의 남동생은 굶주림을 견디고 혼자 38도선을 넘어 서울에 도착했고 거기서 만난 일본인의 도움으로 1946년 귀국했다. 전쟁터로 나간 아버지도, 회령에서 헤어진 계모도 무사히 일본에 돌아왔다. 아버지는 루리코 씨의 행방을 찾으려 애썼지만 이미 돌아가셨다고도 적혀 있었다.

"편지에 '만나고 싶네'라고 쓰여 있었습니다. 저도 가족을 만나고 싶단 마음은 있었지만 결혼해서 아이도 태어났기에 이제 와서 이곳을 떠날 마음이 들지 않았습니다."

전쟁 후 혼돈 속에서 무사히 일본으로 귀국한 남동생과 아버지는 루리코 씨가 그 후 어떻게 살았는지 상상이나 할 수 있을까. 루리코 씨가 마지막으로 일본에 있는 가족과 편지를 주고받은 건 1980년대였다. 이미 남동생도 세상을 떠났다. 나는 루리코 씨에게 물었다.

"지금도 일본에 가고 싶다는 생각이 드십니까?"

루리코 씨는 고개를 갸웃하며 생각에 잠겼다. 일본에서의 기억은 조금밖에 없고 열두 살 때부터 조선 가정에서 자랐다. 이곳에서 결혼을 하고, 아이를 키우고, 증손녀까지 있다. 일본에 아는 친척도 없다. 그래도 고향인 일본을 방문하고 싶다고 말했다. 70년 전에 헤어진 부모 형제의 성묘뿐만 아니라 루리코 씨 자신의 정체성을 다시 살펴보고 싶다는 마음인지도 모른다.

열여덟 살에 견직물공장에서 일을 시작해 루리코 씨는 쉰다섯 살까지 근무했다. 생산현장은 서른아홉 살에 떠났고 그 후에는 같은 공장 내에서 주로 주산을 이용해 회계나 사무 일을 보았다. 따뜻했던 남편 병훌 씨는 1980년 위암으로 세상을 떠났다. 지금은 아침 7시쯤 일어나서 밤 9시쯤 잠이 든다고 한다. 낮에는 가까운 곳에 사는 친구들과 집이나 공원에 모여 이야기를 나누고 증손녀와 함께 놀며 고요한 노후를 보내고 있다.

"일본의 부모님과 남동생을 잊은 적이 없습니다. 한편으로 나를 길러준 조선의 소중한 부모님에게는 그저 감사한 마음입니다."

2014년 5월, 북한과 일본 정부가 체결한 스톡홀름 합의로 설치된 특별조사위원회는 루리코 씨를 포함한 8명의 잔류 일본인 생존을 확인했다. 그러나 고령화에 따라 현재 확인된 생존자는 아라이 루리코 씨, 단 한 사람뿐이다.

"특별조사위원회가 조사하기 위해 찾아온 게 언제쯤인가요?"

"특별조사위원회?"

루리코 씨는 의아하다는 표정으로 중얼거렸다.

"할머닌 잘 몰라요."

취재에 동석하던 손녀 은숙 씨가 대답했다. 여기서 고요한 노후를 보내온 루리코 씨는 스톡홀름에서 열린 북일 합의나 특별조사위원회의 존재도 알 기회가 없었으리라. 6·25전쟁 후 재발행된 루리코 씨의 공민증에는 조선인으로 등록되어 있다.

"공민증은 조선인인데, 루리코 씨가 잔류 일본인이라는 걸 어떻게 알았을까요?"

"내부적으로는 분명 다 알고 있는 거겠지요."

루리코 씨가 대답했다. 현지 행정 담당자에 따르면, 1970년대 함경남도에는 잔류 일본인이 24명, 일본인 아내와 그 자식이 308명 있었다. 지금 잔류 일본인은 루리코 씨뿐이며, 일본인 아내는 37명밖에 생존해 있지 않다.

자택에서 증손녀 수정 양의
머리를 묶어주는 루리코 씨.
(2018년 11월, 함흥)

다시 바닷가

루리코 씨의 아파트를 방문한 다음 날, 1년 만에 우리는 다시 바다를 찾았다. 이번에는 우리가 모래사장에 돗자리를 깔고 숯을 피워 오리고기, 돼지고기, 채소를 구워 먹었다. 이날은 함흥에 사는 일본인 아내 나카모토 아이코 씨도 놀러 왔다. 두 사람은 25년 전쯤부터 친하게 지내는 사이였다. 6년 전 자택에서 열린 루리코 씨의 팔순 잔치에 가족과 친구가 30명 가까이 모였다는데, 그날의 사진에 루리코 씨와 다정하게 앉은 아이코 씨가 찍혀 있었다.

루리코 씨보다 두 살 위인 아이코 씨의 고향은 구마모토. 1960년에 조선인 남편 가족이 사는 함흥으로 이주하기 위해 귀국선을 탔다. 이후 한 번도 고향인 일본을 방문하지 못했다.

"두 분은 어떻게 만나셨나요?"

내가 묻자 아이코 씨가 대답했다.

"일본인끼리 모이는 자리에서 알았지요."

루리코 씨는 이 나라가 건국된 시기부터 조선인으로 살아오면서도 일본인으로서의 정체성을 잃지 않았다. 일본인들이 교류하는 장소에 루리코 씨는 당연하다는 듯이 존재했다. 나는 원산에 살았다던 생선 가게 여주인이 떠올랐다. 이제는 자세한 경위를 알 수 없는 잔류 일본인인 그녀도 일본인 아내들이 만든 일본인 커뮤니티의 일원으로서 확실히 존재했다.

맞은편에 앉은 루리코 씨와 아이코 씨의 등 뒤로 함흥의 바

손자와 함께 함흥 시내를
산책하는 일본인 아내 아이코 씨.
(2018년 11월, 함흥)

다가 펼쳐져 있었다. 그 풍경을 앞에 두고 나는 어째서 여기 일본인 여성 둘이 있는지를 새삼 생각했다. 한 사람은 식민지 시대에 어쩌다 한반도로 파견된 부모님 밑에서 태어났다. 다른 한 사람은 조선인 가정에서 태어난 남성을 만나 결혼했다. 그녀들은 나와 비슷한 나이에 어떤 마음가짐으로 이 마을에서 살았을까. 50년 전 30대였던 두 사람은 내게 무슨 이야기를 들려줄까.

"저거 좀 줘봐."

아이코 씨가 돌연 루리코 씨에게 일본어로 말했다. 루리코 씨 발밑에 놓인 것은 내 취재 공책과 볼펜이었다. 루리코 씨도 일본어로 "응"이라고 하며 공책과 볼펜을 집어 아이코 씨에게 건넸다. 아이코 씨는 볼펜을 쥐더니 조금 떨리는 손으로 천천히 글씨를 썼다.

"私は愛子 貴方は典子 また会う日まで(나는 아이코 당신은 노리코 다시 만날 때까지)"

그 모습을 보던 루리코 씨도 볼펜을 쥐며 옆에 이렇게 덧붙여 쓰고는 웃었다.

"荒井瑠璃子 さようなら(아라이 루리코 안녕)"

안녕이라고 쓸 때 손의 움직임이 약간 어색했다. 분명 쓸 수 있는 글자를 고르고 골랐으리라. 이때 즉석카메라로 두 사람과 기념사진을 찍었다. 손바닥만 하게 인쇄된 사진을 건네자 루리코 씨는 정성스레 손수건으로 싸서 가방에 넣었다. 점심을 다 먹은 뒤 루리코 씨가 집으로 가는 차에 올랐다. 그리고 창문을 열더니 바깥에 서 있는 내 손을 꼭 쥐고는 그대로 소리 없이 눈물을 흘렸다. 자동차 시동이 걸렸는데도 손을 놓으려고 하지 않았다. 차가 움직이기 시작해서 자연스레 손이 떨어진 뒤에도 루리코 씨는 서로의 모습이 보이지 않을 때까지 하염없이 나를 바라보았다.

5장

닿을 수 없는
고향

감동의 일본인 아내들

평양에서 맞은 새해

2017년 12월 31일, 새해를 몇 시간 앞둔 오후 4시. 호텔방에 의문의 벨이 울렸다. 천천히 문을 여니 호텔 여성 직원 셋이 방긋 웃으며 2018년 달력을 전해주었다. 방으로 돌아와 벽에 걸린 12월 달력 위에 겹쳐 걸었다. 새 달력에는 설날답게 화려한 꽃바구니 그림이 그려 있었다.

이곳 평양에서 새해를 맞이하는 건 처음이었다. 12월 22일에 국제연합안전보장이사회가 추가로 채택한 대북제재 결의에 관한 외국 미디어 뉴스가 호텔방 텔레비전에서도 반복 보도되고 있었다. 11월 발사한 대륙간탄도미사일 '화성-15'로 인해 석유제품 수출을 연간 50만 배럴(1배럴=약 159리터)로 제한하고 연간 수출량을 최대 90퍼센트 삭감할 것, 아울러 2년 안에 해외 조선인 노동자를 본국으로 송환할 것 등이 결정되었다.

나는 2017년 12월부터 2018년 1월까지 각지의 겨울 풍경을 촬영하려고 이 나라를 방문했다. 서부 지역 남포의 호텔에서는 대합구이를 먹었는데, 밖이 추워 다 구워진 대합을 방으로 가져와 하나하나 껍질을 까서 먹었다. 겨울에 남포를 찾는 외국인은 거의 없는지 호텔 내부는 한산했다.

평양 여명거리에 2017년 4월 준공한 고층빌딩 야경.
(2017년 12월, 평양)

새해 불꽃놀이를 관람하는 사람들.
(2018년 1월, 평양)

외국인 관광객이 적은 건 남부 지역 개성도 마찬가지였다. 평양과 개성 사이에 들른 휴게소는 보통 때 같으면 중국과 유럽 관광객을 태운 버스나 개인 여행자들을 태운 승용차로 가득했을 텐데, 그날은 나를 태운 자동차밖에 없었다. 상점 여성들은 지루함을 달래려고 눈 덮인 주차장에서 배드민턴을 치며 놀았다. 여성들이 굽 있는 겨울용 샌들을 신고 눈밭을 뛰어다니는 광경을 나는 한참 동안 바라보았다.

2017년의 마지막 날, 나는 신년 카운트다운을 즐기는 사람들을 촬영하려고 김일성광장으로 향했다. 대동강 건너로 보이는 주체사상탑 최상부에는 언제나 봉화의 불꽃이 붉게 타올랐다. 광장에는 신년 불꽃놀이를 보려고 모여든 평양 시민들로 발 디딜 틈이 없었다. 대동강 유람선을 탈 수도 있다고 안내인이 알려줬지만, 배를 타고 나면 다른 곳으로 이동할 수가 없었다. 광장 제일 앞줄이 가장 좋다고 판단해 대동강을 따라 이동했다. 수많은 커플과 가족으로 번잡했고 아이들은 색색이 화려한 풍선을 들고 있었다.

돌연 불꽃놀이가 하늘을 수놓자 탄성이 터져 나왔다. 나는 곧바로 뒤돌아 불빛으로 인해 오렌지색으로 물든 군중의 표정을 여러 장 찍었다. 가장 앞에 서서 불꽃놀이를 보지 않고 뒤돌아 카메라로 시민의 표정을 촬영하는 건 나뿐이었다. 분명 눈에 띄었으리라. 경비원이 다가와서 "사람들 얼굴은 찍지 마시오"라고 몇 번이나 주의를 주었지만, 이 순간은 1년에 한 번뿐이다.

평양-베이징을 오가는
국제침대열차 식당칸.
(2017년 12월, 신의주)

'죄송합니다!' 속으로 몇 번이고 중얼거리며 촬영을 계속했다.

이튿날인 1월 1일, 김정은 위원장의 신년인사가 조선중앙방송에서 발표되었다. 2013년 이래 여섯 번째로 맞이한 신년인사였다. 자주적 경제건설에 대한 과제와 제안, 더불어 한국에서 예정된 동계올림픽을 언급한 후 "우리는 대표단 파견을 비롯해 필요한 조치를 취할 용의가 있으며, 이를 위해 남북 당국이 시급히 만나는 자리를 가질 수 있을 것입니다. 같은 핏줄을 이어받은 동포로서 동족의 경사를 함께 기뻐하고, 서로 도와나가는 것은 당연한 일입니다"라고 말해 해외에서도 크게 보도되었다.

평양에서 새해를 맞이하고 며칠 후 나는 중국 동북 지역 단둥에 있었다. 평양역에서 열차를 타고 이번에는 중국 측 국경도시 단둥에서 하차했다. 새벽 5시를 넘긴 시각, 호텔방 커튼을 열었다. 어둠 속에서 유일하게 빛나는 건 호텔 바로 앞을 흐르는 압록강 교각 게이트에 표시된 '中朝友誼橋중조우의교'라는 글자. 오렌지색으로 환하게 켜져 있었다. 한 시간쯤 창문 앞 의자에 앉아 커피를 마시고 있으니 아까까지 오렌지색으로 빛나던 불이 꺼지고 거의 동시에 강 건너 신의주 멀리 산등성에서 아침 해가 떠올랐다. 이윽고 조금씩 빛이 번지며 그라데이션이 생겼다. 이 시간대 풍경을 촬영하기 위해 며칠 전부터 이 호텔에서 묵으며 기다렸다.

내가 묵은 호텔 로비에는 압록강을 유람선으로 도는 투어 모집 포스터가 붙어 있었다. 참가하면 북측에 조금이라도 더 가까

중국 국경도시 단둥 호텔에서 보이는
이른 아침 조중우의교(중조우의교)와 신의주.
(2018년 1월, 단둥)

결혼을 축하하며
해변을 찾은 신랑 신부와 친척들.
(2017년 12월, 경성)

이 갈 수 있다. 따뜻한 계절에는 배 위에서 중국인 신혼부부나 여행객이 기념사진을 찍지만 이런 겨울철에는 아무튼 한산하다. 며칠 전까지 묵던 평양보다 훨씬 더 추웠다. 경치를 촬영하기 위해 살짝 밖으로 나간 것만으로도 추위를 견딜 수가 없어 방으로 돌아가고 싶어졌다.

강변의 노천매점에는 아침 7시쯤부터 군밤을 파는 남성이 보였다. 70대 정도일까. 극한의 추위 속에도 온종일 앉아 있다. 호텔방에서 그의 모습을 관찰하기도 하고 가끔 다리를 바라보기도 하면서 하루를 보냈다. 서서히 이쪽으로 달려오는 열차 또는 이쪽에서 건너가는 열차와 트럭. 매일 사람이 오간다.

2018년 상반기, 한반도 정세는 지난해 이 무렵에는 상상도 할 수 없던 방향으로 전개되고 있었다. 1월 군사경계선이 있는 판문점에 남북 연결 채널이 2년 만에 개설되었고, 2월 열린 평창올림픽에는 여자 아이스하키 남북합동팀이 결성되어 개회식에서 합동 입장 행진을 했다. 같은 시기 한국에서 삼지연관현악단이 공연하였고, 아울러 약 3년 만에 남북이산가족 상봉사업 그리고 약 10년 만에 남북정상회담이 열렸다.

함흥의 일본인 아내

2018년 6월, 반년 만에 평양을 찾은 나는 도착하자마자 안내인 남성으로부터 일본인 아내 메구미 씨(제2장)가 세상을 떠났다는 소식을 들었다. 마지막으로 만난 건 2017년 4월. 취재 반

함흥 시내에 사는 일본인 아내 아키코 씨.
(2018년 6월, 함흥)

년 후 자택에서 숨을 거두었다고 한다. 평양호텔에 들어가자마자 승리길 너머로 선 고층 아파트를 올려다보았다. 메구미 씨는 그 아파트 25층에 살았다.

이데 타키코 씨(제1장), 나라 키리코 씨(제2장), 호리코시 메구미 씨. 일본인 아내들이 하나둘 세상을 떠난다. 이 나라에 올 때마다 안타깝고 서글픈 마음에 직면한다. 고령의 그녀들에게 남겨진 시간이 얼마 없다는 사실을 실감한다.

나는 동해안에 있는 함흥에서 4명의 일본인 여성을 취재했다. 3명은 반세기 전에 니가타를 출항한 뒤로 일본을 방문한 적이 한 번도 없는 여성들로, 그중 한 사람이 이시카와 출신의 오오타 아키코 씨였다. 평양에서 함흥으로 이동해 숙소에서 아키코 씨를 다시 만났다. 함흥 숙소에서 기다리고 있으니, 20미터 정도 떨어진 곳에서 자동차가 멈춰서는 소리가 났다. 곧장 방에서 베란다로 나가 내다보았다. 하늘색 긴소매 셔츠에 검은 바지를 입은 아키코 씨가 차에서 내려 이쪽을 향해 걸어오고 있었다. 2층 베란다에서 잠시 그 모습을 보는데 아키코 씨와 눈이 마주쳤다. 아키코 씨도 이쪽을 향해 오른손을 크게 흔들며 인사했다. 주위에는 꽃이 핀 아카시아가 바람에 크게 흔들렸다.

아키코 씨와의 재회는 거의 1년 만이었다. 복슬복슬한 쇼트커트는 작년과 변함없고, 발걸음도 가볍고 건강해 보인다. 내가 취재하는 일본인 아내 중에는 아키코 씨가 제일 젊다. 젊다곤 해도 70대 중반이지만. 1년 전 취재를 이어가기 위해 그녀를 다시 만나고 싶었다. 방문을 두드리는 소리가 들려서 문을 열자 아키코 씨가 생글생글 웃으며 서 있었다. 키는 나보다 조금 작다. 나는 인사말을 건넸다.

"오랜만입니다."

아키코 씨는 1942년 10월 22일 이시카와 노토반도의 작은 마을에서 토목업자 아버지와 어머니 사이의 장녀로 태어났다.

"제가 태어난 집은 나무로 지어져서 지붕에는 조릿대를 여러 겹 쌓아두었어요. 집 바로 앞에는 커다란 창고가 있었습니다. 100년 이상은 되었어요. 거기에다 제사 때 쓰는 그릇 따위를 보관했습니다. 집에서 200미터 거리에 바다가 있어 양식한 굴을 도쿄나 오사카로 보냈습니다. 여름에는 헤엄치러 바다에 자주 들어갔고, 고추나 파를 낚싯바늘에 끼워 작은 문어를 잡기도 했습니다. 뒤뜰에는 대숲이 있었고 바로 그 뒤로 열차가 다녔어요. 제일 가까운 역 옆에는 벚나무가 있었습니다."

아키코 씨는 6남매. 오빠가 하나 있었고, 엄마는 세 살 때 돌아가셔서 그 뒤로 아버지가 재혼한 여성 사이에 여동생 셋, 남동생 하나가 있었다.

"어릴 땐 어떤 아이였나요?"라고 묻자 아키코 씨는 입가를 손으로 누르며 "부끄러움을 많이 타서" 하고 웃었다. 당시는 놀던 기억이 거의 없다고 한다. 여동생 셋을 보고 집안일을 돕느라 바빴다. 중학교를 졸업한 뒤에는 간호사로 동네 병원에서 일했다. 남편을 만난 건 1963년, 스무 살 무렵이었다. 한 살 아래 남편은 도치기 출신의 재일교포 2세였다.

"조선 이름은 정국승. 일본 이름은 무라카미 쿠니카츠입니다."

그렇게 말하며 남편 이름을 한자로 내 공책에 적었다. 남편의 부모님은 경상남도 창원 출신, 왜 일본으로 왔는지는 모른다고 했다. 당시 국승 씨는 버스와 덤프트럭, 트랙터 등 각종 차량 운전사로 일했다. 아키코 씨가 오빠와 함께 세 들어 살던 집 근처에 국승 씨가 일하는 회사 사무실이 있어 자연스레 얼굴을 마주하고 이야기를 나누며 서로 호의를 갖게 되었다고 했다. 국승 씨는 그 지역 조선총련 청년동맹에 들어가 있었기에 사귈 때부터 조선인임을 알았다고. 만난 지 몇 개월 후 근처에 있던 남편 집으로 인사를 갔다. 하지만 남편의 아버지는 아키코 씨가 일본인이라는 이유로 두 사람의 결혼을 반대했고, 아키코 씨의 아버지도 남자가 조선인이라는 이유로 반대했다.

"결혼을 반대하셔서 결국 둘이서 집을 나올 수밖에 없었습니다. 그 후에 남편의 운전 일을 따라다니며 가나가와, 사이타마, 오사카, 치바 등 이곳저곳을 전전하며 살았지요. 1965년 5월 6일에 가나가와 치가사키에서 큰딸 아케미를 낳았습니다."

아키코 씨가 보여준 사진에는 앞치마를 두르고 머리띠를 한 아키코 씨가 치가사키 집에 앉아 생후 6개월 된 딸을 안고 웃는 모습이 찍혀 있었다.

"그땐 이 헤어스타일이 유행했어요."

사진을 촬영한 건 국승 씨라고 한다. 아키코 씨의 표정과 순간 셔터를 눌렀을 국승 씨의 기분을 상상해보니, 설사 유복하지는 않다 해도 소소한 행복을 느끼며 사는 3인 가족의 일상이 전해졌다. 가족끼리 놀러 간 시가고원의 리프트 승강장이나 아타미성에서 찍은 사진도 아키코 씨는 소중히 간직하고 있었다. 큰딸 아케미가 태어나고 반년 후인 11월 25일, 두 사람은 이시카와로 돌아와 신사에서 작은 결혼식을 올렸다. 아키코 씨가 스물세 살 때였다.

"어떤 신부 의상을 입었나요?"

"한복을 입었습니다."

"어떻게 생긴 무슨 색 한복이었습니까?"

내 질문을 들은 아키코 씨는 발밑에 놓아둔 가방에 손을 넣고 "옛날 옛날 아주 옛날에……"라고 살짝 익살을 떨며 부끄러운 듯 사진첩을 꺼냈다. 이어 시간이 흐르며 조금 색이 바랜 앨범을 천천히 펼쳤다. 사진은 물론 흑백사진이었지만, 풍성한 한복을 입고 머리에 베일을 쓴 아키코 씨와 그 옆에 긴장한 표정으로 서 있는 국승 씨가 있었다. 분홍과 빨강의 한복은 남편의 아버지가 선물했다고 한다. 이미 아이도 태어났고 해서 가족은 결혼을 이해해주었다.

1967년 6월 23일 맑은 날, 아키코 씨 가족은 제150차 귀국선으로 니가타를 출항했다. 귀국 수속은 마을 구청에서 진행했지만, 다른 많은 일본인 아내와 마찬가지로 일본을 나와서도 국적은 일본이었다. 청진에 도착한 건 이틀 후인 25일. 귀국사업이

아타미성 앞에서
딸 아케미를 안고 있는 아키코 씨.
(1965년께, 아타미)

개시된 처음 몇 해는 한 배에 1,000명 이상이 타는 일도 흔했지만, 점점 그 수는 줄어들었다. 1967년은 사업이 시작된 지 8년째 되는 해였다. 일본적십자사의 기록에 따르면, 아키코 씨와 함께 제150차 배에 탄 사람은 191명뿐이다. 아키코 씨에 의하면 그중 일본인은 4명이었다.

신상, 정평 그리고 함흥

"아버지는 저와 헤어지기 싫다고 하셨습니다. 하지만 그때는 일본에 살면 돈도 들거니와 조선이 아이들 교육에 더 좋겠다고 생각했습니다. 그게 조선으로 건너온 단 하나의 이유입니다."

"하지만 걱정되는 건 없으셨나요? 말도 안 통하셨⋯⋯."

질문이 끝나기도 전에 아키코 씨가 대답했다.

"물론 말도 안 통하고 가본 적도 없었지요. 남편을 따라왔을 뿐입니다. 아무것도 모르니까요. 정말로⋯⋯ 뭐라고 하면 좋을까요?"

아키코 씨는 한숨을 내쉬었다.

"청진에 도착하니 남편 형이 마중을 나와 있었어요. 하지만 제 친척은 아무도 없었으니까, 정말로 쓸쓸하다는 생각이 들었습니다."

그러면서 창문을 바라보았다. 아키코 씨의 조선 이름은 몇 개월 후 관공서에 갔을 때 창구 남자 직원이 지었다고 한다.

"처음엔 남편과 같은 성을 쓸 예정이었지만, 남편이 '조선에서

신사에서 올린
아키코 씨와 국승 씨의 결혼사진.
(1965년 11월, 이시카와)

는 부부가 같은 성을 쓸 수 없다'고 해서. 그냥 박이라는 성씨를 골랐습니다. 이름은 일본 이름 아키코의 한자를 가져와 명옥이라고 지었지요."

장녀 아케미는 한자 그대로 명미라는 조선 이름이 되었다. 처음 9년은 신상이라는 곳에서 살았다. 5,000명 남짓한 인구가 살았고, 함경남도 정평군에 위치했다. 현재는 신상노동자구라고 불린다. 함흥 시내에서 차로 한 시간 정도 걸리는 정평이라는 비교적 큰 마을에서 한층 더 동쪽으로 가야 한다. 외국인은 거의 오지 않는 지역이리라.

아키코 씨는 마을 탁아소에서 일했다. 탁아소 아이들이 자는 동안 필사적으로 조선어를 읽고 쓰는 공부를 해서 한두 해 만에 말을 익혔다고 한다. 평양과 함흥 같은 도시와는 달리 그곳에는 다른 일본인이나 귀국자도 없었다. 아키코 씨는 나와 이야기를 나누는 중에도 조금 이야기가 길어지면 자연스레 조선말이 흘러나왔다. 일본어를 말할 기회가 없는 환경에서 살아온 아키코 씨 인생을 그대로 대변하는 듯했다. 이 나라에 와서 세 아이를 낳았고, 아케미 씨를 포함해 딸 둘, 아들 둘 네 아이를 길렀다.

아키코 씨의 남편 국승 씨는 귀국 후 농업기계제작소에서 자동차 수리와 운전 일을 맡았다. 1976년 직장 상황이 달라지면서 정평 중심부로 이사했다.

"이사한 뒤에는 뜨개질 일을 했습니다. 정평에서는 30년 동안 살았지요. 당시 조금 떨어진 지역에 귀국자가 한두 명 있었기에 가끔씩 만나기도 했지만, 근처에는 귀국자가 없었어요. 그래서 일상적으로 친하게 지내며 신세를 진 건 이웃에 사는 조선 사람들이었습니다."

국승 씨의 부모님은 일본에 남았지만, 2년에 한 번쯤 아키코 씨 집을 찾아왔다고 한다. 1979년 8월부터 시작된 재일조선인을 위한 조국 단기방문용 여객선 삼지연호로, 1992년 이후에는 만경봉92호로 왔다 갔다. 1990년대 후반 대기근의 시대에는 일본에 있는 시어머니가 보내주는 송금이 무척 도움이 되었다. 국승 씨는 1999년에 뇌출혈로 사망했다. 쉰여섯 살이었다.

"남편도, 남편 형도 죽었기에 남은 건 저뿐입니다."

아키코 씨는 중얼거렸다. 함흥으로 온 건 2006년, 최근의 일이다. 평양의 김책공업종합대학을 졸업한 차남 태수 씨가 함흥 공장에서 전기기술자로 일하면서 같이 살게 되었다. 김책공업종합대학은 전자공학과 기계학, 광업 등을 가르치며 기술자를 양성하는 매우 우수한 대학이다.

"함흥에 사는 일본 여성들과는 어떤 이야기를 하시나요?"

"기쁜 이야기나 슬픈 이야기, 뭐든 하지요. 세상 사는 이야기나 일상적인 이야기입니다."

일본인들과도 이야기를 나누지만 이웃에 사는 조선 여성들과 더 깊은 관계를 맺고 있다는 인상을 받았다.

"이웃분들과 제일 사이가 좋습니다. 어려운 일이 있을 땐 서로 돕기도 하고."

간호사 경험이 있어 이웃에 몸이 아픈 사람이 생기면 가서 돌봐주기도 한다고 했다.

"일본의 가족과 연락이 닿습니까? 전화를 하거나?"

"전화는 아니고 편지를 했습니다."

아버지가 돌아가시기 전까지는 편지를 주고받았다. 마지막으로 연락이 온 건 아버지 돌아가셨다는 슬픈 소식이었다.

"아버지가 돌아가셨을 때의 사진입니다. 일본에 사는 오빠, 남동생, 여동생······."

아키코 씨는 사진 두 장을 테이블 위에 올리고 형제들을 한 명 한 명 손으로 가리켰다. 자택에서 찍은 사진이라고 했다. 모두 상복을 입은 것으로 보아 장례식 후에 찍은 것 같았다. 남동생이 유골함을 안고 웅크려 앉아 있었다. 머리 모양과 분위기로 보아 꽤 오래전에 찍은 사진인 듯했다. 1980년대일까.

"아키코 씨가 태어난 집이 지금 그대로 남아 있나요?"

"옛날 집을 부수고 새로 집을 지었다고 합니다."

사진 속의 집이 그 집이라고 했다. 나는 카메라를 꺼내 사진들을 접사로 찍었다. 아키코 씨는 1967년 도항한 이래 한 번도 일본에 돌아가지 못했다. 일본인 아내의 고향방문사업은 2000년까지 세 번 진행되었다. 아키코 씨는 네 번째 고향방문사업에 신청했지만 이루어지지 않았다.

"50년이나 지나 주름투성이에······ 할머니가 되었습니다. 정말로…… 한숨이 나와요……."

그렇게 말하며 다시금 창 너머 바다를 보았다.

"바다 건너가 일본인데, 가끔 일본을 상상하시나요?"

"사는 게 바빠서. 가끔 하긴 하지만요. 고향 가길 포기한 지 50년이 지났습니다."

이렇게 말하며 아키코 씨는 '아하하' 하고 슬픈 듯이 웃었다.

고향 노토반도

나는 아키코 씨가 보여준 사진 두 장을 들고 노토반도가 있는 마을로 향했다. 역 바로 옆에 아키코 씨 말대로 벚나무가 있었다. 근처에 숙박할 만한 곳이 없어 전날 몇 정거장 떨어진 역 호텔에서 묵은 뒤 한 시간에 한두 대 오는 열차를 타고 갔다.

아키코 씨 취재를 마치고 일본으로 귀국한 나는 아키코 씨가 나고 자란 지역을 구글 지도로 검색했다. 항공사진이나 스트리트뷰로 해안 마을을 꼼꼼히 들여다보며 일본에서 온 사진 풍경과 조금이라도 닮은 장소를 찾았다. 집 뒤편에 있었다는 선로를 중심으로 찾아간다면 간단할 거라고 생각했지만, 결국 몇 날 며칠이 걸렸다. 주소는 모른다 해도 아키코 씨에게 역 이름이라도 물어봤더라면 좋았을 텐데, 그걸 잊어버려서 시간이 더 걸렸다.

찾을 수 있던 건 100년쯤 전부터 집 앞에 있었다는 창고가 표식이 된 덕분이다. 아키코 씨가 손에 든 사진에는 창고 벽이 일부 찍혀 있었는데, 그것과 완전히 똑같은 외벽을 한 창고가 스트리트뷰에 분명히 나와 있었다.

한가로운 바닷가 마을을 긴장한 채 역에서부터 걸으며 자택 앞에 있는 창고까지 왔다. 안쪽에는 콘크리트로 만든 집이 있었다. 상복을 입은 아키코 씨 오빠와 여동생들이 단체사진을 찍은 장소였다. 아키코 씨가 말한 것처럼 집 앞에는 고요한 바다가, 뒤에는 대숲이 있었다. 주위를 둘러보다 이웃집에 사는 여성과 눈이 마주쳤다. 아키코 씨와 동년배이거나 조금 위일까. 정원의 꽃과 나무에 물을 주고 있었다.

"처음 보는 분이네. 어디서 오셨나?"

"도쿄요."

"도쿄? 옆집 사람들은 낮엔 거의 집에 없어요. 매일 저녁 5시쯤 식사하러 왔다가 밥만 먹고 금방 나가요."

"그렇습니까."

나는 말하며 혹시나 싶어 벨을 눌렀지만 역시 응답이 없었다. 매일 밥을 먹으러 나간다는 이야기는 혼자 살고 있다는 건가.

"아는 사람이세요?"

옆집 여성은 가볍게 내게 말을 걸었다. 아주 상냥한 분이었지만 어떻게 대답해야 할지 몰라서 "아니요……"라고 말한 후 그녀에게 질문을 했다.

"여기서 오래 사셨습니까?"

"네, 시집온 뒤로 쭉 살았지요. 벌써 60년이나 됐네."

60년이라는 말을 듣는 순간, 이 여성은 51년 전까지 일본에 살던 아키코 씨를 알 수도 있겠다는 생각이 들었다.

"저 혹시 옆집에 살던 오오타 아키코 씨를 아시나요?"

작은 목소리로 물어보니, 그 여성은 작업하던 손을 멈추고 나를 보았다.

"어? 앗코짱 말입니까?"

한순간 놀란 표정을 지었지만 금세 냉정하게 말했다.

"앗코짱이랑 사이가 좋았어요, 저. 하지만 끌려갔잖아요, 북한으로……."

끌려갔다니, 이 단어에 솔직히 당황했다.

"아, 그렇습니까."

간단히 대답했다. 함흥에서 아키코 씨를 만났다는 이야기는 일부러 하지 않았다. 이 여성도 어째서 내가 아키코 씨의 존재를 알고 있는지, 왜 여기 왔는지 묻지 않았다. 그보다 눈앞의 밭과 식물을 가꾸는 데 정신이 팔린 듯 보였다.

"그럼 저녁 5시 무렵 다시 오겠습니다."

이렇게 말하고 나는 그 장소를 떠났다. 아키코 씨는 어떻게 남편을 만났고, 어째서 일본을 떠났는지, 그 후 얼마나 필사적으로 조선말을 배우고 아이들을 키우고 지금도 고향 일본을 떠올리며 그리워하는지 말해주었다. 하지만 '납치 문제' 같은 단어에서 풍기는 이미지 때문에 끌려갔다는 인식이 오늘날 일본에 사는 사람에게는 자연스러운지도 모르겠다.

아키코 씨가 태어난
고향의 바닷가 풍경.
(2018년 4월, 이시카와)

갑작스러운 방문

저녁 4시께, 예정보다 한 시간 빨리 다시 그 집으로 향했다. 그리고 네 시간 동안 자택 앞에서 하염없이 기다렸지만, 결국 그날은 아무도 집에 오지 않았다. 이튿날, 나는 아침부터 호텔 로비 옆 카페에서 노트북을 열고 작업을 했다. 아키코 씨의 친족이 언제 돌아올지 알 수 없었다. 밤까지 기다려 보기로 했다.

오후 8시쯤 열차를 타고 역에서 그 집까지 가는 어두운 밤길을 또다시 긴장한 채 걸었다. 도중에 갑자기 큰비를 만나기도 했다. 쫄딱 젖은 채 이윽고 집 앞에 도착했을 때, 어제는 없던 차가 주차되어 있었다. 창문에 걸린 커튼 아래로 빛이 새어 나왔다. 벨을 눌렀다. 잠시 후 천천히 문이 열렸다. 무슨 일인지 보려고 얼굴을 내민 건 50대 전후의 구릿빛 남성이었다. 흙이 조금 묻은 작업복을 입고 있었다.

"저…… 갑작스레 실례합니다만."

그 남자는 놀란 표정으로 나를 쳐다보았다. 뭐라고 말을 걸어야 좋을까. 의심을 사서 문을 쾅 닫아버리는 일만큼은 피해야겠다 싶어 곧장 수첩에서 사진을 꺼냈다.

"이 사진, 이 집에서 촬영한 것이 맞는지요?"

이렇게 말을 걸자 남성은 미간에 주름을 잡으며 뚫어지게 사진을 보았다.

"여기는…… 우리 집이네요. 이건 아버지가 돌아가셨을 때 찍은 사진입니다. 30년 정도 전에……."

손으로 머리를 가다듬으며 남성은 다시금 나를 보았다. 어째서 내가 이 사진을 갖고 있는지 몰라 당황하는 표정이었다. 나는 도쿄에서 온 사진가라고 밝혔다.

"실은 북한에 사는 일본인 여성을 취재하고 있습니다만, 오오타 아키코 씨를 만나뵐 기회가 있었습니다. 그때 이 사진을 보여주셨습니다."

아키코 씨를 직접 만나고 왔다는 이야기에도 남성은 그리 놀라지 않았다. 너무 갑작스러워 아직 실감이 나지 않는 것인지도 몰랐다.

"아, 들은 적이 있습니다……"

아키코 씨가 일본을 떠난 51년 전에 이 남성은 태어나지 않았든지, 아직 철이 들지 않았을 수도 있지만 아키코 씨가 일본을 떠난 후 형이나 누나에게서 아키코 씨 이야기를 들은 적이 있다고 했다. 나는 그동안 친족들이 아키코 씨를 어떻게 생각했는지 알고 싶었다. 아키코 씨와 함께 산 오빠라면 할 이야기도 많으리라고 생각했다.

"형님은 어디에 계신가요?"라고 묻자 "가나자와 쪽에…… 잠시만 기다리세요" 하며 남성은 집 안으로 들어갔다. 그가 들고 나온 것은 1999년에 아키코 씨 오빠가 보낸 주소 변경을 알리는 엽서였다. 그 후로는 연락을 주고받지 않았다고 했다.

"누나라면 뭔가 직접 알고 있는 게 있을지도 모릅니다."

누나라는 건 아키코 씨가 어릴 때 돌봐주던 여동생들이리라고 짐작했다. 보통 취재라면 그 자리에서 연락해달라고 부탁하고 되도록 만날 약속을 한 뒤 이야기를 들으려 했을 것이다. 그걸 위해 도쿄에서 여기까지 왔기 때문이다. 하지만 아키코 씨에 대해 "들은 적이 있습니다……"라고 중얼거리는 남성의 표정과 어투에는 감정이 거의 느껴지지 않았다. 친근감을 품고 있지도, 거꾸로 명백한 혐오감을 드러내지도 않았다.

이 가족에게 아키코라는 존재는 이미 먼 곳으로 흘러가버린 걸까. 어쩌면 들춰내선 안 되는 가족의 역사를 들춰버린 걸지도 모른다는 인상마저 받았다. 아무튼 이번에는 여기까지가 좋겠다고 자연스레 생각했다. 일단 아키코 씨의 오빠 주소가 적힌 엽서를 휴대폰으로 촬영했다.

"아키코 씨 사진, 드릴까요?"

"어, 죄송하단 생각은 들지만……. 그럼 일단 받아두어도 되겠습니까?"

"네, 물론입니다."

나는 함흥에서 촬영한 아키코 씨의 사진을 가방에서 꺼내 명함과 함께 드렸다. '일단'이라는 전제를 깔긴 했어도 사진을 받아준 것이 기뻤다. 조금이라도 알고 싶다는 마음이 생겼을지도 몰랐다.

"만약 가족분 중 누군가가 아키코 씨 근황을 알고 싶다고 하신다면 연락을 주십시오."

"그 말씀을 하시려고 일부러 여기까지 오신 겁니까?"

"네."

나는 아키코 씨의 고향을 찾아가는 일이 함흥에서 그녀를 만나는 일만큼이나 중요한 취재라고 생각했다. 그런데 그에게는 이게 그렇게까지 할 일인가 하고 깜짝 놀랄 일이었는지 어리둥절해 했다.

"이제 도쿄로 돌아가십니까?"

"네. 오늘은 너무 늦어서 내일 돌아갑니다."

"그렇습니까…… 일부러 죄송합니다. 감사합니다."

여기 오기 전 아키코 씨의 고향에서 가족들을 만나면 '그 나라'에 사는 누나 일에 이제 신경 쓰고 싶지 않다, 귀찮은 인간이 왔다는 식으로 받아들일지 아니면 친근감을 갖고 대해줄지 둘 중 하나리라고 상상했다. 지금 일본에 남은 가족 대부분은 전자처럼 대응하리라 생각했다. 하지만 그의 경우는 둘 다 아닌 것 같았다.

내가 "늦은 시간에 놀라게 해드려서 죄송합니다. 실례했습니다"라고 인사하자 그는 "고생하십시오"라며 깊이 고개 숙여 인사했다. 남성은 내 모습이 보이지 않을 때까지 현관에 멍하니 서서 신기한 사람 보듯 나를 보았다. 주변 일대는 깜깜했지만, 남성이 현관을 연 채로 계속 서 있었기에 방에서 쏟아지는 오렌지색 불빛이 남성의 실루엣을 만들어 멀리서도 아주 잘 보였다. 갑작스러운 방문자에게 아직도 놀라면서 이 신기한 현실을 받아들이려 하는 듯했다.

다시 함흥으로

2018년 11월, 1년 전과 마찬가지로 베이징에서 국제열차를 타고 평양으로 들어갔다. 호텔 앞 평양대극장 광장에서는 아침부터 노란 정장 차림의 여성들이 〈가리라 백두산으로〉라는 곡에 맞춰 두 손에 붉은 깃발을 흔들고 있었다. 서둘러 직장으로 향하는 시민들을 응원하기 위해서였다. 나는 곧바로 아키코 씨가 사는 함흥으로 향했다. 이 시기는 배추 수확 철이다. 여름에 옥수수를 길러 거둬들이고 나면 같은 밭에서 배추를 기른다. 차창 밖으로 배추를 수확하는 사람들이 보였다. 노란 은행잎이 모두 떨어지고 가을에서 겨울로 들어가는 무렵, 이 나라 가정에서는 김치를 담근다. 대형 트럭과 소달구지가 산더미처럼 쌓인 배추를 운반하는 모습을 흔히 볼 수 있다.

함흥에 도착한 다음 날 오전 5시, 호텔 밖 스피커에서 흘러나오는 조선민주주의인민공화국의 국가 〈애국가〉 멜로디에 잠이 깼다. 이날 오전, 바다 근처 카페에서 5개월 만에 아키코 씨와 다시 만났다. 나는 아키코 씨를 만나자마자 고향에서 촬영한 사진을 테이블 위에 펼쳤다.

"오빠를 만나셨어요?"

아키코 씨는 곧장 물었다.

"아니요, 남동생이 살고 있었는데 형님하고는 오랫동안 연락 없이 지내셨다네요."

"아, 막냇동생이구나. 아마 저를 잘 모를 거예요. 여동생은 저를 제대로 기억할 텐데. 그 애들은 제가 돌봐줬으니까요."

일본에 가면 만나보겠다고 말하고 싶었지만, 만날 수 있을지 없을지 알 수 없었다. 쓸데없는 말을 해서 아키코 씨가 기대하게 만드는 것도 미안하다고 생각했다.

"아키코 씨, 어릴 때 사람들이 앗코쨩이라고 불렀나요? 옆집에 사는 여성이 그리운 듯 말했습니다."

"하하하, 맞아요. 이웃집 사람들 다 저를 알고 있지요."

아키코 씨는 그렇게 말하더니 내가 가져간 바다 사진, 자택 뒤 선로와 대숲 사진, 벚나무 사진을 두 손에 들고 차분히 들여다보았다.

또 한 명의 일본인 아내

이날 만남에는 함흥 외곽 흥남에 사는 일본인 아내 스즈키 츠루코 씨도 함께였다. 2017년 4월에 츠루코 씨 이야기를 들었으니 1년 반 만이었다. 아키코 씨와 츠루코 씨는 카페 중앙에 놓인 사각 테이블에 나란히 앉았다. 아키코 씨가 사진을 들여다보는 모습을 츠루코 씨는 흥미로운 듯 바라봤다.

1929년 야마가타 요네자와에서 태어난 츠루코 씨는 곧 여든아홉 살이 된다. 둥근 얼굴에 깊게 파인 주름이 인상적이다. 서른한 살까지 일본에서 살았는데, 지금은 내 일본어를 알아들을 수는 있어도 자기 기분을 일본어로 표현하는 건 어려운 모양이었다. 그때껏 일본인 아내들과는 모두 일본어로 취재했지만 1년 반 전에 츠루코 씨 이야기를 들을 때는 통역이 필요했다. 이번에는 옆에 앉은 아키코 씨가 종종 조선말을 일본말로 바꿔주었다. 마음에 남아 있는 츠루코 씨의 어린 시절 추억은 버섯을 캐러 오빠와 같이 산에 갔던 일. 요네자와 출신임을 지난번 취재에서 들은 내가 가져온 요네자와 지도를 테이블에 펼치자 아키코 씨도 흥미롭게 지도를 바라보았다.

일곱 살 연상의 남편 김원용 씨를 만난 건 스물두 살 때. 일본 이름은 가네무라 마사오. 조선인과 일본인 부부가 사는 옆집에 원용 씨가 하숙을 하고 있었다. 집이 가까워서 친해졌고 차츰 서로 마음이 끌리게 되었다. 결혼 후 츠루코 씨는 마을 방직공장에서 일했다. 1960년 2월 5일, 여섯 살이던 장녀 토모코, 생후 1개월이던 차녀 준코를 데리고 가족 넷이 귀국사업 제7차 선박으로 니가타항을 출발했다. 츠루코 씨의 어머니는 도항을 강하게 반대했다.

"말도 안 통하고 풍습도 다른 곳에서 어떻게 살아갈 거냐고 하셨어요. 엄마가 너무 슬퍼해서 딱 한 번 남편에게 '나는 못 간다, 아이는 각자 한 명씩 나눠 맡고 헤어집시다'라고 선언한 적도 있습니다. 그래도 아이들이 너무 가엾다는 생각이 들어서 온 가족이 조선으로 건너오기로 했지요."

츠루코 씨는 남편과 함께 이 나라에 오기로 결심했지만, 귀국사업이 진행되던 당시 일본을 떠날 것인가 남을 것인가 하는 선택의 갈림길에서 헤어지는 부부가 얼마나 많았을까.

츠루코 씨 가족은 1960년부터 58년 동안 흥남에 있는 단층 집에서 쭉 살았다. 취재는 이 집이 아니라 지난번과 이번 모두 바깥에서 진행됐다. 그날 아침에 츠루코 씨를 모시러 간 운전사에 따르면, 차가 츠루코 씨 자택에 도착하자 이웃 할머니들이 한꺼번에 집 앞으로 나오더니 이 나라 수도인 평양 번호 차에 올라타는 츠루코 씨를 반짝이는 눈으로 바라보았다고 한다. 마치 이제 그녀가 별세계의 대단한 곳이라도 가는 것처럼 만면에 미소를 띠며 츠루코 씨를 향해 크게 손을 흔들었다고 한다.

남편 원용 씨가 다니던 직장은 집에서 20분 남짓 떨어진 곳에 있는 화학비료공장. 그 전신은 식민지 시대인 1927년에 일본 사업가 노구치 시타가우가 건설한 일본질소비료 흥남공장이다. 당시로서는 동양 제일의 화학기업 집단이라 흥남지구에는 사택과 학교 등 인프라가 잘 정비되어 있다. 사토 토모야 씨(제4장)의 아버지 동료가 기술자로 남았던 그 공장으로, 6·25전쟁 때 파괴되었다가 직후 재건되었다고 한다. 함흥 시내에서 흥남지구로 차를 타고 이동할 때면 여러 개의 공장을 지나치는데, 이 비료공장은 특히 규모가 크고 인상적이었다. 원용 씨는 1979년 위암으로 돌아가실 때까지 이 공장에서 일했다. 츠루코 씨는 흥남에 오고 나서 체력이 떨어져 일을 하지 못했다.

"제가 사는 구역에 원래는 일본인 아내 7명이 살았습니다. 그런데 지금 남은 건 저뿐입니다. 가끔 모일 때는 일본 가족을 만나고 싶다는 이야기를 자주 했어요."

함흥 시내 공원에서
다정하게 대화를 나누는
츠루코 씨와 아키코 씨.
(2018년 11월, 함흥)

츠루코 씨는 현재 차녀 부부와 손자와 같이 살고 있었다. 몸이 어떤지 물으니 "나이가 먹어서 부자유스럽기는 하지만 집안일은 문제없습니다"라며 방긋 웃었다. 츠루코 씨는 지난 60년 동안 단 한 번도 일본을 방문하지 못했다. 일본에 계시는 어머니가 여든 살에 돌아가셨다는 건 편지로 알았다.

취재 후 나는 아키코 씨와 츠루코 씨와 함께 함흥 시내 공원을 걸었다. 조선을 세운 이성계가 만년을 보냈다는 함흥본궁에서는 한복 입은 안내원이 우리에게 말을 걸듯이 해설을 해주었다. 수령 400년 넘는 굵은 소나무 앞에서 셋이 기념사진도 찍었다. 어쩐지 그녀들과 일본에서 이 나라를 관광하러 온 것 같은 이상한 기분이 들었다.

"포기 해" "포기 안 해"

아키코 씨와 츠루코 씨를 취재한 이튿날, 나는 이제껏 함흥에서 만난 일본인 여성들과 다 같이 점심을 했다. 아키코 씨, 츠루코 씨에 더해 아이코 씨(제4장) 그리고 잔류 일본인 루리코 씨(제4장)도 함께였다. 루리코 씨는 5개월 만이었다. 분홍색 모자를 눌러쓴 루리코 씨는 몸이 무척 안 좋아 보였다. 심장이 약해졌다고 한다. 누군가가 받쳐주지 않으면 걷기 힘들어 손녀 은숙 씨와 아키코 씨가 양쪽 옆구리를 받치고 있었다. 그래도 밥을 먹을 때는 "노리코 씨, 어서 들어요, 들어"라며 자기 앞 반찬을 내게 권하고 또 권했다. 그 동작이 취재를 위해 일본에서 출발하기 이틀 전에 돌아가신 나의 할머니 같았다.

점심을 다 먹고 다시금 헤어질 시간이 돌아왔다. 주차장에 세워 둔 차에 타기 직전, 그녀들과 마지막 인사를 나눴다.

"루리코 씨, 다시 만나요."

내가 말하며 루리코 씨에게 손을 흔들었다.

"언제?"

루리코 씨는 곧장 되물으며 내 얼굴을 올려다보았다.

"따뜻해지면 또 올게요."

솔직히 언제 다시 만날 수 있을지 나는 모른다. 하지만 그렇게 말할 수밖에 없었다.

"이제 나는 힘들지도 몰라……."

루리코 씨는 아래를 보며 멍하니 중얼거렸다. 이때 루리코 씨의 몸이 정말로 작게 느껴졌다.

"그런 약한 말씀 마세요."

옆에서 듣던 루리코 씨의 친구 아이코 씨가 격려하듯이 살짝 꾸짖었다. 그러고는 말을 이었다.

"나도 지금보다 열 살 젊었으면 일본에 갈 기회가 있을지도 모르는데……. 하지만 아직 포기하고 싶진 않아."

그 표정에서 "결코 포기 안 해" 하는 아이코 씨의 강한 의지가 느껴졌다. 하지만 그 근처에서 듣던 아키코 씨가 끼어들었다.

"포기 해……."

"아니, 포기 안 해. 너는 나보다 열 살이나 어리니까 아직 시간이 있잖아. 포기해선 안 돼. 포기할 수 없어."

아이코 씨는 아무와도 얼굴을 마주하지 않고 똑바로 앞을 보며 말했다. 맞은편에 서 있던 츠루코 씨는 이 모습을 말없이 지켜보았다. 그들에게는 각자 말로 다 할 수 없는 감정이 있는 것이다. 나는 그녀들에게 무슨 말을 건네야 할지 알 수 없었다.

"그럼 슬슬 갈까요."

현지 담당자 말에 차에 탄 그녀들의 눈에 눈물이 맺혔다. 여기 있는 일본인 아내 셋은 20대, 30대 때 니가타를 떠난 뒤 한 번도 고향 땅을 밟지 못했다. 잔류 일본인 루리코 씨는 일곱 살때 일본에 가본 게 전부다. 그녀들은 지금 일본에 사는 나를 통해 일본의 어떠한 현재를 상상할까. 그리고 그녀들 개인의 기억이 그것과 어떻게 교차할까. 나는 어디에도 갈 곳 없는 안타까운 기분을 느끼며 헤어질 때 늘 그렇듯 언제까지나 손을 흔들고 있을 수밖에 없었다.

미나카와 미츠코 씨가 남편과 함께 니가타를 출항한 1960년 4월 8일 아침, 일본적십자사 니가타센터 부지에 심은 복사나무와 장미 묘목. 이 책을 쓰던 2018년 말, 그 나무들이 어떻게 되었는지 궁금해 일본적십자사에 물어보았다. 며칠 후 "복사나무와 장미 묘목 기록은 확인할 수 없었습니다"라는 맥 빠지는 답장이 왔다.

나무를 심은 지 60년도 더 지났다. 나무의 행방을 파악할 수 있다고 기대하는 게 도리어 억지인지도 모른다. 한참 전에 시들었는지, 니가타센터가 없어지면서 베어졌는지 아니면 다른 곳으로 옮겨져 어딘가에서 매년 꽃을 피우는지. 이 행방을 알 수 없는 나무의 존재가 "열매를 맺을 무렵에는 북한과 일본 사이를 자유롭게 오갈 수 있도록"이라는 귀국자들의 바람과 지금은 거의 관심 밖으로 사라진 그들의 존재를 상징하는 듯이 보였다.

1959년 11월에 재일조선인 귀국사업을 기념해 심은 보토나무길의 버드나무는 그 수가 줄긴 했어도 니가타 시내 중심부에서 항구로 향하는 국도를 따라 지금도 늘어서 있다. 보토나무길에서 니가타공항으로 향하는 해안 도중에는 일본 지도와 니가타에서 바다 건너 도시의 위치 관계를 알리는 기념석이 있다. 거기엔 '평양'과 '원산'이 적혀 있다.

일찍이 니가타비행장 한 귀퉁이에 자리하던 일본적십자사 니가타센터. 그곳에는 한 번에 1,200명이 숙박할 수 있는 숙소와 귀국 사무소가 있었다. 귀국자들이 일본에서 마지막 며칠을 보낸 장소다. 현재는 니가타공항이 된 이곳에서 하늘을 향해 날아오르는 비행기나 해변에서 강아지를 데리고 산책하는 마을 사람들 모습을 바라보며 60년 전 일본인 아내와 귀국자가 어떤 마음으로 니가타 풍경을 봤는지 새삼 상상한다.

나는 2013년부터 2018년 11월까지 열한 번 북한을 방문해 각지에서 취재와 촬영을 거듭했다. 그리고 방문하면 할수록 아직 모르는 일이 많다고 실감하며 이 나라를 마주해왔다. 취재는 계속되고 있지만 이번에 출판을 결심한 이유는 현지를 방문할 때마다 다음 이야기를 들으려고 생각한 사람들이 잇따라 세상을 떠나는 현실에 직면했기 때문이다. 그녀들이 살아 있는 동안에 책을 내고 싶다는 생각이 가장 컸다.

내가 아는 그녀들이 걸어온 시간의 기억은 일부다. 아무리 시간을 쪼개도 모든 걸 다 듣는 일은 불가능하다. 인간의 기억은 대단히 단편적이며 섬세하고 복잡하다. 그녀들이 과거를 돌아볼 때 끓어오르는 감정과 기억도 그 후 다양한 경험을 통해 변화하고 있다. 이야기를 듣는 나와의 관계나 그 공간의 공기도 말의 선택이나 표정에 영향을 끼치리라. 그녀들의 경험을 전할 때, 인생의 특정한 부분에만 의미를 부여하는 것은 아닐까. 나의 시점으로 말하는 이상 피할 수 없는 일이겠으나, 늘 그 갈등을 겪으며 나는 취재를 계속하고 기록으로 써왔다.

내가 만난 것은 일본인 아내 9명과 잔류 일본인 여성 1명이다. 일본에서 '귀국사업'으로 바다를 건넌 일본인 아내 약 1,830명 가운데 겨우 9명이다. 한 사람 한 사람의 경험은 다르고 다양하다. 각각의 인생에는 파도가 있고 다양한 감정이 하루, 1년을 통해 그리고 시대 전체를 통해 존재한다. 나날의 생활 속에는 고뇌와 희망, 슬픔과 기쁨이 복잡하게 교차한다.

한 번도 재회할 수 없던 부모님을 향한 마음, 어떻게 하면 그런 자신을 용서할 수 있을지 고민하는 자책감은 이미 그녀들의 마음속에 존재했다. 한편으로는 바다 건너 이룬 가족과의 소박한 생활을 무엇보다 소중히 하고 싶다는 마음도 있었으리라.

이 나라를 취재하는 많은 저널리스트는 일본인 아내를 포함해 이곳에서 사는 사람들의 인생을 알기 쉬운 강한 언어와 함께 흑백논리로 간단히 전달하려는 듯하다. 나도 그런 유혹에 사로잡힐 것 같았지만 할 수 있는 한 억제하려고 노력했다. 그녀들은 행복했을까, 불행했을까. 혹은 후회할까, 후회하지 않을까. 풍요로웠을까 아니면 비참했을까. 그런데 애초 무엇을 두고 '풍요롭다'고 판단할 수 있을까. 그녀들의 60년에 걸친 삶은 매일의 작은 선택과 고민 그리고 결단이 쌓이고 쌓여 만들어졌다. 그에 따라 삶이 좌우된 일도 있었으리라. 그런 그녀들의 인생을 간단한 잣대로 표현하는 일은 있을 수 없다.

수년 전, 미나카와 미츠코 씨가 평양호텔에서 일본의 대형 미디어와 취재한 영상을 본 적이 있다.

"솔직히 북한에 온 걸 후회하고 있습니까?"

기자의 질문에 카메라 너머에서 대응하는 '일본인 아내, 미나카와 미츠코 씨'의 모습은 내가 만나온 풍부한 감정을 가진 미츠코 씨의 모습과 너무나도 달랐다. 또 아라이 루리코 씨의 존재가 밝혀진 2017년 봄, 일본 미디어는 본인으로부터 직접 이야기를 듣고 있음에도 "자신이 아라이 루리코라고 주장하는 잔류 일본인 여성(84세)"이라는 표현으로 보도하기도 했다.

그녀들 한 사람 한 사람의 개인적인 마음과 인생을 알고자 하는 자세가 듣는 사람 입장에서 부족하다고 느꼈다. 때론 존재 자체를 불확실한 것으로 취급하며 그뿐이라는 태도였다. 이런 자세와 태도는 그녀들이 겪어온 장대한 체험과 인생을 무시하는 처사다. 일본 미디어의 보도 방식이 바다 건너에서 살아가는 사람들의 표상을 자기 구미에 맞게 만들어내고 있음은 부정할 수 없다.

내가 취재해온 일본인 아내들은 다양하다. 수도 평양에서 쭉 살아온 여성이 있는가 하면 일본 귀국자가 없는 농촌에서 수십 년 생활한 여성, 여러 번 이사 경험이 있는 여성, 귀국한 이후 60년 내내 같은 집에서 산 여성도 있다. 고향 방문을 할 수 있던 여성, 한 번도 돌아갈 수 없던 여성, 일본의 친척과 연락을 주고받는 여성, 연락이 끊긴 여성도 있다. 또 노동자로 공장이나 농장에서 일한 남편을 가진 여성이 있는가 하면, 연구자와 의사 등 전문가로 일한 남편을 가진 여성도 있다. 내가 만나지 못한 일본인 아내들은 훨씬 더 많다. 어떤 경우에도 그 사람 하나하나의 인생은 평등하고 둘도 없는 것임을 취재를 통해 강하게 느꼈다.

"여기 온 일본인에게는 성묘라도 좋으니 부모님을 만나고 싶다는 마음이 응어리처럼 남아 있습니다. 그리고 그 마음을 품은 채 돌아가셨습니다."

함흥에 사는 도쿄 출신 이와세 후지코 씨는 2017년 인터뷰 마지막에 이렇게 말했다. 그녀는 고향에 한 번 돌아갈 수 있었지만, 주변에서 한 번도 고향에 가지 못하고 돌아가신 친구들을 보아왔다. 후지코 씨는 2018년 1월 3일 일흔여덟 살 생일 아침, 자택에서 숨을 거두었다. 그때까지 고향방문사업으로 고향을 방문한 일본인 아내는 겨우 43명이다.

일본에 남은 귀국자와 일본인 아내의 친척들도 저마다 다양한 마음을 갖고 살아왔다. 일본인 아내 대부분은 가족과 친척의 반대를 무릅쓰고 결혼해 의절이나 다름없이 일본을 떠나왔다. 일찍이 편지는 주고받았지만 이제 연락이 안 닿는 사람도 많다. 그들의 친척이기에만 아는 사정과 감정이 긴 시간 쌓여 지금에 이르렀다. 그 세세한 사실을 들여다볼 때마다 나는 복잡한 감정에 사로잡혔다.

지금까지 취재하면서 일본인 아내들에게 정치 성향이나 경제

사정을 일부러 직접 묻지 않았다. 또 귀국사업 전체를 검증하기 위해 책을 쓴 것도 아니다. 이 책에서는 재일조선인 남편과 함께 바다를 건넌 일본인 배우자 여성을 일본인 아내라고 표현했는데, 조선인 아내를 따라 일본을 떠난 일본인 남성도 소수 있었다. 일본인 배우자 여성들을 '일본인 아내'라고 한마디로 표현하는 것에 위화감을 느끼면서도 국가 간 관계에 농락당한 여성들의 삶의 태도와 사람됨, 그런 가운데 그녀들이 쌓아온 생각을 취재했다.

"북한 취재는 행동 범위가 한정되어 조종당한다"라는 말을 듣는다. 물론 즉흥적인 취재나 허가 없이 마을을 혼자 걸어 다니는 것은 불가능하다. 이 책에도 썼다시피 취재 현장에는 현지 안내인이 동행했다. 나로서는 각각의 안내인이 맡은 역할이나 재량의 범위를 알 순 없지만, 조금씩 할 수 있는 만큼 협력해준다고 느낀 순간이 여러 번 있었다. 취재의 폭도 그때마다 넓어졌다. 취재를 거듭하면서 일본어를 할 줄 아는 여성들과 자택에서 둘이서만 이야기를 나누는 시간도 늘었고, 그 속에서 들은 일화나 함께 식사하며 우연히 나눈 대화도 이 책에는 쓰여 있다.

일본인 아내에게서 자연스레 배어나는 인간미 넘치는 성격에 감동하기도 하고, 그녀들이 마음속 깊이 담아둔 감정을 느끼기도 하고, 예상하지 못한 사실을 듣기도 했다. 그것이 다음 만남과 취재를 재촉하는 동기가 되기도 했다. 그런 일이 계속해서 반복돼왔다.

일본인 아내와 잔류 일본인을 취재 대상으로 삼는 것 자체가 '북한 교섭의 재료'가 된다는 의견도 있다. 그러나 교섭의 재료라는 이유로 이 문제의 중요도가 좌우될 수는 없다. 교섭의 재료가 되든 안 되든 애초에 인도적인 문제로 접근해야 한다고 나는 생각한다.

잔류 일본인이 한반도에서 일생을 보내게 된 건, 근원을 따져보면 전쟁 전 일본의 정책에 의했음을 부정할 수 없다. 또한 반세기 이상 전에 일본인 여성이 사랑에 빠진 상대가 어쩌다 보니 한반도에 뿌리를 둔 남성이었다는 사실과 그 감정은 누구도 비난할 수 없다. 그 시대에 민족 차별과 가난으로 고통받던 수많은 재일조선인이 일본에서 장래를 비관적으로 바라볼 수밖에 없었음은 사실이며, 그 시대에 이뤄진 것이 귀국사업이다.

그들을 휘감은 역사적·사회적 배경과 당시 국제 정세를 되짚어봤을 때, 시대와 정치에 휘둘리면서도 굳세게 살아온 사람들의 마음을 지금 다시 돌아보며 고향 땅 일본을 한 번 더 방문하고 싶다는 절실한 바람을 '인도적' 사업으로 어떻게든 추진해주기를 바란다.

북한과 일본 사이에 해결해야 하는 문제는 산더미처럼 쌓여 있다. 그런 가운데 긴밀한 접촉 없이 양국 사이의 문제를 해결하는 일은 불가능하다. 2019년 2월 말에 두 번째 북미정상회담이 베트남 하노이에서 개최되었다. 앞으로도 한반도를 둘러싼 국제 정세는 다양하게 흔들리며 나아가리라. 일본은 미국과 발

맞춰 갈 것을 첫 번째로 내세울 게 아니라 스스로 주체성을 가지고 북한과의 관계를 적극적으로 구축하며 실질적인 교섭을 하려는 자세가 필요하다고 생각한다.

귀국사업이 시작된 지 60년. 바다를 건넌 일본인 아내의 대다수가 이미 세상을 떠났다. 고령화되어 지금도 바다 건너에서 사는 여성들의 이야기를 직접 들을 수 있는 시간은 한정되어 있다. 2018년 11월 시점으로 함흥이 있는 함경남도에 사는 일본인 아내는 38명, 원산이 있는 강원도에는 7명이 산다. 강원도에는 일찍이 재일조선인 아내를 따라온 일본인 남성이 2명 있었다. 현재 몇 명의 일본인 배우자가 살아남았는지는 알 수 없다. 이 에필로그를 쓰는 순간에도 누군가가 돌아가셨을지도 모른다는 상상을 하지 않을 수 없다.

이제까지 취재 원고를 쓰면서 가장 중요하게 생각한 것은, 일본인 아내들에게 이 책을 드렸을 때 그녀들이 이 책을 읽고 자신의 인생을 조용히 돌아보면서 "이런 뜻으로 이야기를 한 건 아니었는데" 하는 마음만큼은 들지 않도록 하자는 다짐이었다. 그리고 앞으로도 그녀들의 이야기 사이사이를 채워나가기 위해 취재를 할 수 있기를 바란다.

2013년 이후 취재를 지속할 수 있던 것은 국교가 없는 가운데에도 오랜 세월 활동을 계속해온 NGO와 한반도 연구자의 도움이 있었기 때문이다. 첫 방북은 동아시아 아이들이 그림으로 교류하는 'KOREA 어린이캠페인' 활동에 동행하면서였다. 내게

이 기회를 주신 츠츠이 유키코 씨와 테라니시 스미코 씨에게 진심으로 감사드린다.

이와나미서점 편집자로 2015년 퇴직하신 히라타 켄이치 씨에게는 지난 5년 동안 빈번히 만나 상담하며 견문을 넓히는 귀중한 기회를 얻었다. 조선사 연구자로 도카이대학 명예교수 키치노 마코토 선생님에게는 역사 자료를 받는 등 신세를 졌다. 문화인류학자 파블로 피게로아 씨에게는 일본인으로서 조선에 관한 시각 표현을 하는 데 있어 조언을 받았다. 조선총련 중앙본부 국제통일국과 추가이中外여행사는 북으로 가는 여행 일정 조율을 도와주셨다.

과거·현재의 한반도와 일본의 관계를 들여다보는 데 있어 정체성이란 무엇인가에 대해 생각할 기회를 주신 많은 재일코리안 여러분에게도 감사의 말을 전하고 싶다. 특히 월간 『이오』의 장혜순 씨, 김승미 씨, 히로시마조선인피폭자의회 김진호 씨, 히로시마조선학원 김영웅 선생님을 비롯한 교원 여러분, 이 학교 졸업생과 보호자 여러분께도 감사를 드리고 싶다.

처음 몇 번의 방북에선 사진을 거의 찍을 수 없었다. 그래도 최근 몇 년은 취재를 받아주는 기관인 조선대외문화연락협회(대문협) 담당자가 "그동안 이렇게 길고 자세히 희망하는 취재 내용을 적어 보낸 일본인은 없었습니다"라고 웃으며 질려 할 만큼 나는 북한에 갈 때마다 꼼꼼히 희망 사항을 대문협에 보냈다. 내 나름의 취재 방법과 세세한 촬영 요청도 차츰 이해를 받게 되었다. 안내인의 이름은 여기에 밝힐 순 없지만, 이제껏 여러 취재 상황을 되돌아보며 감사를 드리고 싶다.

이 책의 담당 편집자이자 이와나미서점 신서편집부 야스다 마모루 씨에게는 내가 각지에서 취재활동을 펼쳐온 이래 언제나 도움을 받았다. 2014년 출판한 포토 다큐멘터리 『인간의 존엄: 지금, 이 세계의 끝에서』 기획이 결정된 것은 동일본대지진을 취재하던 2011년. 막 취재활동을 시작한 내가 작은 강연회에서 이야기할 기회가 있었는데, 거기서 만난 것이 인연이었다. 그때까지 '책을 쓴다'라고 하는 일을 생각해본 적도 없었다. 사진뿐만 아니라 언어로 전달하는 것의 중요함을 그분에게서 배웠다. 북한을 방문하기 전부터 현지에서의 취재가 실현되고 진행되도록 몇 번이나 상담을 해주셨다. 함께 이 책을 만들 수 있던 데에 진심으로 감사드린다.

그리고 취재를 하게 해주신 모든 분에게도 인사를 전한다.

"좋은 작업을 해주세요."

2017년 봄, 미츠코 씨가 원산 자택에서 헤어질 때 두 손으로 내 손을 잡으며 조용히 건네주신 말. '좋은 작업'이라는 말이 그 후로 쭉 내 마음에 남았다. 내가 얼마나 많이 미츠코 씨를 찾아가 취재를 하면 그녀의 진심을 제대로 전달할 수 있을까. 나는 과연 미츠코 씨가 말하는 좋은 작업을 해낼 수 있을까. 인간의 인생 '전체상'을 문장이나 사진으로 표현하는 일은 불가능하다. 그래도 그 단편에 다가가는 것으로 바다를 건너간 일본인 아내

와 그 가족들 모습을 상상하고 그 존재에 지금 새로이 마음을
전할 기회가 될 수 있다면 좋겠다.

또 바다 건너에서 살아온 여성들이 취재에 응해서 다행이었
다고 진심으로 느낄 수 있기를 바란다. 다시 만날 날이 오기를
빌겠습니다. 끝으로 이 책을 손에 들고 읽어주신 독자 여러분,
진심으로 고맙습니다.

2019년 4월

하야시 노리코

포토 다큐멘터리
조선으로 간
일본인 아내

초판 1쇄 2020년 8월 10일

지은이   하야시 노리코
옮긴이   정수윤
펴낸이   이정화
편 집   안은미
디자인   원선우

펴낸곳   정은문고
등록번호 제2009-00047호 2005년 12월 27일
주소   서울시 마포구 동교로13길 60 503호
전화   02-3444-0223
팩스   02-3147-0221
이메일   jungeunbooks@naver.com
페이스북 facebook.com/jungeunbooks
블로그   blog.naver.com/jungeunbooks

ISBN 979-11-85153-36-0 03830

책값은 뒤표지에 쓰여 있습니다.

이 도서의 국립중앙도서관 출판예정도서목록(CIP)은
서지정보유통지원시스템 홈페이지(http://seoji.nl.go.kr)와
국가자료종합목록 구축시스템(http://kolis-net.nl.go.kr)에서 이용하실 수 있습니다.
(CIP제어번호: CIP2020030188)